彼は
不埒な
秘密の
甘く抱いて

プロローグ　それは二十九歳の春のこと

河野菜々子は、持っていた電話の受話器をぎゅっと握りしめた。

「うんうん、大丈夫。じゃあお母さんたちにも、よろしく伝えておいてね」

素早く電話を切ろうと思ったのに、電話の向こうでは妹の真由子が心配そうに最近の菜々子の生活について尋ねてくる。それにたまには里帰りぐらいした方がいいよ、なんてことも勧めてくるのだ。

（心配してくれるのはありがたいけど……真由子にいろいろ話したってバレると、元弥さん、すごく不機嫌になるし、里帰りなんて言い出したら、どれだけ面倒なことになるかわからないもの）

電話の向こうでは、「お姉ちゃん、聞いている？」と尋ねる声が響く。

「え、聞いているよ。……うーん、里帰りかあ。なかなか難しいんだよね。まだ伽耶も小さいしね。元弥さん、私が帰省すると寂しがるんだよね」

心の中の鬱屈を吐き出すようにこっそりとため息を漏らす。

嘘をつくのは昔から得意じゃない。だから真由子には、あまり今の生活について尋ねな

TAKE
SHOBO

彼は不埒な秘密の共犯者

あの日に帰るために甘く抱いて

当麻咲来

ILLUSTRATION
すみ

CONTENTS

プロローグ
それは二十九歳の春のこと 006
第一章　二十五歳・春 022
第二章　二十六歳・十二月 067
第三章　二十六歳・一月 090
第四章　二十六歳・一月（二度目） 114
第五章　二十六歳・春の始まり 137
第六章　二十六歳・春 159
第七章　二十七歳・晩秋 187
第八章　二十七歳・冬 214
第九章　二十八歳から二十九歳の間 237
エピローグ
そして二十九歳の春へ 274
番外編
やり直さなかった世界線にて…… 282

あとがき 290

イラスト／すみ

いでほしいのだ。

「だったら元弥さんも一緒に帰ってきたらいいじゃん」

その時、タイミングよく入ってきたキャッチホン音に気づいた菜々子は、それをいいことに慌てて真由子との会話を止める。

「ごめん、元弥さんから電話入っちゃった。すぐに取らないと……。じゃあまたね」

真由子からの返答を待たずに、即座に電話を切って、夫からの電話に切り替える。

「……もしもし、元弥さん？」

慌てて電話をとると、ワンテンポ電話を取るのが遅れた割には、意外にも機嫌のよさそうな夫の声が聞こえてきて、ホッとする。

「ああ、菜々子。今日残業になった。帰宅は十二時頃になるからよろしく」

「うん、わかった。あ、夕食は……」

と尋ねた瞬間にはすでに電話は切れていた。

（相変わらずマイペースだな……）

時計を見ると、夕方四時を回っている。伽耶が起きてくるまでに洗濯物を取り込んで、夕食を作っておかなければ。食べるかどうかはわからないけれど、夫は必要な時に食事を用意していないとものすごく機嫌が悪くなる。

「……なんか、疲れたなあ」

ぽつりと呟く(つぶや)と、涙が零れそうになった。もう産後という時期でもないのに、相変わらず気持ちが安定しない。深くため息をついた瞬間、リビングと繋がる和室の襖がすぅっと開いた。

「ままぁ……」

「伽耶ちゃん、おはよう。よく眠れた？」

そう声を掛けると、一歳八か月になったばかりの娘の伽耶が菜々子に抱っこをせがむように手を伸ばした。

「ふふ。汗かいちゃった？　お茶飲もうね」

ぎゅっと娘を抱き上げると、自然と笑みが零れた。

（いろいろあるけど、少なくともこの子に出会えたから、私の結婚は間違ってない）

そう心の中で呟く。

「まぁま、まま、だいすき」

大きな目を細めて娘が嬉しそうに笑みを浮かべる。寝て起きたところを抱きしめただけで、こんなに嬉しそうに笑ってくれるのだ。この子は天使なのじゃないかと思う。夫は正直、優しい人とは言えないけれど、その分、娘は育てやすくてよい子になってくれている。

「はい、どうぞ」

ようやく上手に使うことのできるようになった子供用のプラスチックのカップで、こくこくとお茶を飲む姿を見るだけでも、菜々子の心は安らぐ。

寝起きに汗をかいたのか、額の辺りの髪が少し濡れている。早めにお風呂に入れてあげようか、と思いながら、無意識でその頭を撫でていた。

「ふふっ。いいこね」

お茶を飲んでいる最中に頭を撫でられて少しびっくりしたのか、伽耶が目線を上げる。お互いの視線が交わった瞬間、にこぉっと満面の笑みを返されて、菜々子の胸は娘の愛おしさにきゅんきゅんと疼く。

「もうっ。伽耶ちゃんは世界で一番可愛い！」

思わず声を上げると、伽耶は自分が一気に飲んで空っぽになったカップを不思議そうに眺めてから、菜々子を見上げてもう一度笑った。

「まま、もっと～」

「はいはい、ちょっと待っててね」

だから菜々子は自分が幸せなんだと信じていた。その日の夜、酔っぱらった夫を迎えるまでは。


――ピンポン、ピンポン、ピンポーン。

何度も鳴らされるドアホンの音に、娘の寝かしつけに手こずった菜々子はようやく目を覚ました。時計を見ると、すでに深夜十二時を回っている。

「さっさと開けろ！」

扉の向こうで大きな声とともに、ドンドンとドアを蹴る音がする。眠さにくらくらする頭を押さえながら、菜々子は玄関に行き大慌てで鍵を開けた。

　夜遅くに騒ぐと、マンションの周りの部屋の人たちがうるさい。そういう苦情は全部菜々子が受けることになるのに。

　そう声に出したいけれど、酔っぱらった夫は扱いがさらに難しくなる。

「鍵、持っていかなかったの？」

　それでもつい、そう尋ねてしまった瞬間、元弥にぎろりと睨まれ、ぎゅっと心臓が恐怖で締め付けられる。

「専業主婦なんだから、帰ってきた夫を出迎えるのは、当然だろう？」

　今時、こんなことを言う時代錯誤な夫がどのくらいいるのだろうか。結婚前はそういうタイプには見えなかったのに、とため息が零れそうになる。

　元弥は何かあるたび、菜々子に向かって専業主婦なんだから、と言うが、そもそも彼女が産後も仕事を続けたいと言った時に、猛反対したのは夫だ。

『育児中の母親は、子供の都合で遅刻したり早退したり、突然休んだりして一緒に働いている職場の人間に迷惑をかける。仕事もろくにできないのだから、さっさと退職した方がいい。生活ぐらい自分が支える』と言って。

「ごめんなさい。今、寝てたから……」

　そんなことを考えながら、ついそう答えてしまった瞬間、菜々子は胸ぐらを掴まれ、ドンと音を立てて壁に押し付けられていた。

「はぁ？　働いてきた夫に向かって口答えか？　まったくいいご身分だなあ。お前なんて家で子供とゴロゴロして、夫が外で稼いでくるから生きていけんのに。……よそには仕事しながら子育てしている女なんていくらでもいるし、外にいる女たちの方が圧倒的に綺麗にしてるしな。……ほんとなんで結婚なんてしたかなあ。ああ、あれか、お前が初めてだとか言うくせに、一発で子供ができるから。……ホント、外れクジ引いたよな」

夫の暴言に、以前の菜々子なら文句の一つでも言っただろう。けれど彼との生活で自分を否定され続けた今の菜々子は、威圧するような夫の怒鳴り声に何も返せなくなってしまった。

もともと奥手で処女だった菜々子は、恋人だった元弥と初めて一晩を一緒に過ごした後、すぐに妊娠が発覚した。

（でもあの時だって、元弥さん、『安心して。ちゃんと避妊したから』って言っていたのに……）

せっかく希望の職種で仕事ができるようになり、張り切っていた時期だったのだ。菜々子も妊娠したくなかったから勇気を振り絞って、避妊だけはしてほしいとお願いした。

それに対して彼はわかったと言ったくせに、初めてでよくわかっていなかった菜々子に嘘をついてだましたのだ。

真面目に仕事を頑張っていた菜々子は、近々昇進する予定で、役職も収入も元弥より上になるはずだった。だが元弥の身勝手な行動の結果、たった一回のことで妊娠してしまった。

妊婦となった彼女は昇進が取り消しになった。しかも夫の協力がない状態では、激務である職場には居づらくなって、仕事を退職せざるを得なくなった。

菜々子の故郷の父親は、そんな元弥にきちんと責任を取るようにと叱責した。結果、元弥は菜々子との結婚を了承した。だが伽耶を出産後は、菜々子には実家に帰ることを禁じている。両親と元弥の関係がさらに悪化することを恐れた菜々子は、結局「自分がそうしたいから」と両親に言って里帰りすらせず、一人で出産し育児をしている。

『お前が頼るのは、お前の父親ではなく、伽耶の父親である俺だろう?』

何かあるごとに、元弥はそう言う。そして実家だけでなく、東京で生活している妹・真由子に会うことすらいい顔をしないのだ。親友の芹香(せりか)とも、元弥と結婚する前に仲たがいをしてしまったので、今は話をする相手すらいない状態だ。

「あー、つまんねえ人生」

文句を言いながら、元弥は廊下に片端から服を脱ぎ捨てていく。スーツのジャケットに、ネクタイ。ワイシャツ。その後を追いながら、菜々子は彼の脱いだ服を拾って歩く。

だがワイシャツを手に取った瞬間、普段嗅ぎ慣れてない甘い香りがした。

「………………」

じわり、と嫌な予感が実体化する。このところ元弥の様子がおかしいのだ。今日も本来なら残業なんてなかったはずなのに、突然残業になったと言われて、帰ってくるとこんな香りを漂わせている。

　次の瞬間、彼のジャケットのポケットが震えた。落ちてきた携帯電話を捕まえた瞬間、画面が視界に入った。

「――え？」

　通知画面に映るメッセージに、菜々子は呆然とする。

『今日は途中で生理になっちゃってエッチできなくてごめんね』

　続いてメッセージが来る。

『りりかは元弥くん無しじゃいられない体になっちゃったかも♡』

　そしてメッセージがもう一つ届いた。

『今度はえっちなこと、い～っぱいしてあげるね』

（ちょっと……待って）

　そこにあるのは明らかな浮気の証拠。それでもそれを認めたくない。ぞわぞわと正体不明の悪寒が背筋を上ってくる。胸がぎゅっと締め付けられるように重苦しい。

「あ……あのっ」

　とっさに寝室に向かった夫を追う。シャツと下着以外脱ぎ捨てた夫はごろんとベッドに転がったままだ。

「菜々子、水」

　一言言われて、慌てて冷蔵庫からペットボトルの水を持っていく。それを渡すと彼はベッドに座り込んで、ごくごくと飲み干した。

元弥はもともとルックスがいい方でよくモテる。菜々子も彼の見た目に好意を持ったからそれはよくわかっている。

「……ねえ、今日誰と一緒にいたの？」

そう尋ねると、元弥はぎろりと菜々子を睨み付けた。

「はあ？　仕事だって言っただろ？」

その言葉に、菜々子は持っていた携帯を彼に見せつける。そこにはいまだに残っている通知画面。

「――はぁ？　何、人の携帯、見てんだよ」

元弥はとっさに携帯を取り上げると、一瞬で通知画面を消してしまった。

「気のせいじゃねぇの？　普通に残業してただけだし」

「普通に残業していた人間が、『今日は途中で生理になっちゃってエッチできなくてごめんね』ってメールもらうんだ」

思わずそう言い返していた。出産後から、ずっと元弥は菜々子に触れていない。出産した菜々子のことを、女として見ることができないと常々言っていたからだ。それに菜々子自身も、あまりエッチにいいイメージはない。夫との数少ないその記憶は、乱暴にされることが多くて、痛くて我慢しないといけないことだ、というイメージがついてしまっている。だから、そのことにはあまり拘泥しないでいた。それが良くなかったのかもしれない。

「何一人で妄想してんだよ。セックスをずっとしてないから頭がエロで馬鹿になってんだろ？」

　そう言った夫はすぅっと瞳を細めて笑う。

「しょうがねぇなあ。わかった。抱いてやる」

　残業で疲れてるんだが。と言いながら、元弥は菜々子をベッドに押し倒す。とっさにそれをはねつけようとしたのに、酔っぱらっている男の力は強くて、逃げ切れない。

「――騒ぐと伽耶が起きるぞ」

　そう言われると、ようやく寝たばかりの子供を起こすのも忍びなくて、動けなくなる。それをいいことに、夫は菜々子のパジャマのズボンと下着をいっぺんに脱がせた。

「あーあ、色気ねぇなあ」

　そう言いつつも、目の色が変わっている。そのまま中に指を差し込み、無理やり濡らそうとした。

「痛っ……」

　強引なやり方に思わず体が硬くなる。そうでなくても経験が少なくて感じにくいのに、こんな風にされれば余計に全身がこわばる。その様子を見て、ふと何かを思い出したのか、元弥は菜々子が持ってきていた彼の通勤カバンを手に取り、中を開ける。なぜか出てきたのはハンドクリームのような大きめのチューブだ。

「いいもんがあったんだった……」

それを手に取ると透明のジェルが絞り出された。元弥はそれを躊躇(ちゅうちょ)することなく菜々子に塗り付け、自身にも塗る。

「つめたっ……」

気持ち悪くて思わず逃げ出そうとした瞬間、べたべたした手で腰を摑まれて、何も言わずに菜々子の中に入ってくる。

「うっ……キツイな。やっぱりほとんどしてないからか」

嫌だと言って、その胸を突いて体を離したい。なのに夫は一瞬だけ優しげな顔をして、柔らかく菜々子の髪を撫でる。なぜかそれだけで涙が零れた。

（悔しい……）

だけど、久しぶりに触れてもらったことに、ほっとしている自分もいる。

「けどこれいいな。お前みたいな不感症の女でも、すぐに入れられる」

でも次の瞬間、にんまりと笑った元弥の顔に、ふと今、自分に使われたものが、何故彼のカバンにあったのかその理由に気づいてしまった。

（これ、浮気相手と使うつもりだったんじゃ……）

それどころか、今こうやって自分としているのも、生理のせいで浮気相手とエッチできなかったからじゃないだろうか。出産後はまったくと言っていいほど自分に触れてこなかった夫が、突然こんなことをしたのは、菜々子で欲求不満を解消しようとしているだけなのだ。

「やめてっ……」

たまらず声を上げるけれど、夫はそんな菜々子を顧みることもなく、勝手に腰を揺すり打ち付けて快楽に酔い始める。

（もう……こんなの、嫌だ）

酔っているせいか、なかなか夫は射精しない。気持ちよくないし、先ほど塗られたものも、徐々に乾いてくる。早く終わってほしいと心から願っていると、耳元で信じられない言葉が聞こえた。

「りりか、俺、すげぇ気持ちぃぃ……」

夫が呼びかけた名前が、先ほどの携帯の相手だと気づいてぞっとする。浮気相手のために用意した小道具を使われて、しかも名前まで呼び間違えられて、そんな夫に組み敷かれて逃げることもできない。

「嫌、やめて……っ」

とっさに大声を出そうとした瞬間、口を押さえつけられて、声を上げられないようにされた。

「うるせぇ。せっかく人が気持ちよくなっているんだ。黙っとけ」

まるで菜々子が浮気相手ではないことを、確認したくないように元弥は睨み付けた。その目には、妻である自分に対する愛情なんて一つも感じない。

（違う。私、こんな結婚生活なんて……やっぱり送りたくなかった）

がつがつと身勝手に腰を振る夫を見ていると、気持ちがますます萎えていく。浮気性の夫が許せなくて、そんな人間を夫に選んでしまった自分も情けなくて、一人で勝手に盛(さか)っている元弥が気持ち悪くて吐き気がこみあげるだけだ。

「もう……触らないで」

そう呟いた瞬間、目の前で、男がカッと目を見開く。

「うるせぇっ。黙れって言っているだろ」

パシンと顔を叩かれて、頬が一気に熱を持つ。刹那、抑え込んできた怒りが全身を駆け巡った。

「暴力振るう男なんて最低！　これ以上は、無理。離婚します！」

この男を伽耶の父親にしておきたくない。とっさに胸をついて体を離し逃げ出そうとしたが、腕を掴まれて強引にベッドに押し倒された。

「うるさい、お前にそんな権利はないんだ！」

元弥は声を荒げると、菜々子の首を両手で押さえ、力を込めた。

「やめっ……」

慌てて制止しようとした声が、細く途切れる。苦しくて、呼吸ができなくて……。

（……何もかもが嫌だ。あのころに……戻りたい！）

そう心の中で叫んだ瞬間、菜々子の意識はブラックアウトしたのだった。

＊＊＊

青白い顔に様々な器具をつけられて、なんとか生きながらえている彼女の様子にそれが現実なんだと思い知らされる。くっと彼は唇を噛み締めた。

「……なんで…………いなことに」

今朝、新聞の三面記事で彼女の消息を知らされた。そしてその日に、彼女の財布に残っていた彼の名刺を見た彼女の母親から電話がかかってきた。

何か困ったことがあったら電話をして、と冗談めかして彼女に名刺を渡した二年近く前の日のことを、彼は思い出す。

彼女とは、喫茶店のアルバイトと客。それだけの関係だった。

その頃自分は、将来の夢として描いていた職業の、見たくない現実が見えた気がして、それでもそれを完全にあきらめることもできずにいた。なにより、そんな中途半端な自分にほとほと嫌気がさしていた。

そんな毎日でも、彼女の明るい笑顔に、優しい表情に癒されていた。二人とも趣味が映画鑑賞で、話をするのが楽しかった。だから彼女が店番をするタイミングを見計らって、店を訪ねてはくだらない話をした。

けれど新婚で、妊娠中で幸せいっぱいなはずの彼女が、時折見せる寂しそうな表情がずっと気に掛かっていた。だからといってそれを直接尋ねるほど親しくもなく、それ以上の関係を、生真面目な彼女が求めるわけもない。

だから名刺を渡すだけで、自分の中のひそやかな好意はけして外に出さなかった。けれど……。

「……こんなことをした、あの男が……許せません」

さんざん泣いたのだろう。目を真っ赤に染めた彼女の母が、眠っている幼い孫娘を抱きながら、怒りを秘めた視線を彼に向けた。彼女との会話で何度か名前を聞いたことのある妹は涙を浮かべてベッドに眠る姉を見つめている。

「……せめて、あの子の代わりに……」

「わかりました。……できる限りのお手伝いをします」

母親の言葉に頷く(うなず)と、彼は彼女の事件について書かれた新聞記事のコピーを、枕元に置かれた彼女の愛用していた手帳の中にそっと差し込んだ。コピーの裏紙には、彼から彼女に向けたメッセージが一言だけ書かれている。

(もし……過去に戻ってやり直しが出来るのなら、あの男と出会う前のあなたに逢いたかった。そうしたら、こんな事件なんて絶対に起こさせやしなかったのに……)

過去を悔いてもどうしようもない、とそう思いながらも、悔恨の思いは止めることができない。みっともなくてもいい。せめてもの今の自分の決意を彼女に伝えたかった。

(どこにいても、俺はあなたを支えるから。だからもう一度、あの笑顔を俺に見せて欲しい……)

気づくとつい、愚痴のような言葉が心の中で溢れていた。

だが自分はあくまで被害者である彼女の代弁者としての資格しか持ち合わせていない。

そっと彼女の家族にその場を譲る。厳格だと聞いていた彼女の父親は奥の椅子に座ったまま、立ち上がる気力もないらしい。代わりに彼女の妹が姉の頬を撫でて囁く。

「お姉ちゃん。早く、起きてよ。伽耶ちゃんが寂しがっているよ……」

ふと、まめまめしく喫茶店の仕事をこなしていた彼女の姿を思い出す。笑顔が綺麗な彼女を妻として幸せにできないどころか、こんな暴力の被害者にした犯人は絶対に許せない。相応の報いを受けさせてやる、と心に誓う。

しかし、それより大切な、一番の願いは……。

「あんな男との縁は、俺がきっぱり切ってやるから。……だから、はよ、戻ってきてや……」

家族の誰かに聞かれることもない小さな声で、ぽつり、と彼は呟いた。

第一章　二十五歳・春

「菜々子、起きなよ！」

　ゆさゆさと揺さぶられて、菜々子は目を覚ます。

「えっ……芹香？」

　目の前に座る親友を見て、思わず声を上げてしまった。

「なんか寝不足だって言ってたけど、寝ちゃうなんてよっぽどだね。仕事頑張りすぎじゃない？　お茶飲んだら帰ろうか」

　そう言うと芹香は手を上げて、店員にウーロン茶を頼んだ。

（ここ、居酒屋？）

　さっきまで、家にいて、夫に無理やり組み敷かれて……。そんな最悪な記憶をたどりつつ、記憶と何一つ重ならない周りの景色を見渡す。

　向かいで心配そうに顔を覗き込んでくる芹香は、最後に会った時に比べて若い。一時期ハマっていたグリーン系のアイメイクをしている。

「……え？」

ふと自分の手を見ると、いつもしていた結婚指輪をつけていない。どういうことだろう。頭が混乱する。

「ごめん、ちょっとトイレに行ってくる」

呆然としたまま、菜々子はトイレに立った。この店は仕事をしていた頃に芹香とよく来ていた、職場の近くのお気に入りの居酒屋だ。懐かしい馴染み(なじ)みの店の洗面所の鏡に映る自分の姿に菜々子は絶句する。

「……この髪の長さって……」

娘の世話のため、お風呂にゆっくり入っている時間がなくなって短くしたのだけれど、その髪が肩下まで伸びている。しかも……鏡の中の顔は綺麗に化粧されていて、若返っているような気がするのだ。

「ちょっと……待って」

これは何だろう。慌てて持っていた携帯電話で日付を確認する。

「これ、前使っていた機種だ……」

そして携帯電話に出てきた日付にまたしても絶句する。

(……え、四年も前の日付？)

まだ元弥と出会ってすらいない時期だ。この年のクリスマスイブに元弥と初めて会ったのだから。

(まさか……)

誰かが自分をだますために大掛かりなドッキリでも仕掛けているのだろうか。いや、さすがにそんなことはありえないだろうと頭ではわかっている。でも、そのくらいおかしいことが起きているのだ。

「ねえ、菜々子。大丈夫？」

「う、うん。大丈夫」

扉の向こうから声を掛けられて、慌てて返事をする。トイレを出ると普段と様子の違う菜々子を心配したのか、芹香は家まで送ると言う。

「ちょっと飲ませすぎたかな。ごめんね」

「ううん。なんか変な夢見てたみたいで、目が覚めたら混乱しちゃった」

まだお酒にも酔っている。少し冷静になって状況を把握しなければ。心配してついてきそうな芹香に、駅からタクシーを使うからと言って別れ、四年前に住んでいた自宅アパートのある家に向かった。

「……頭が痛い……」

酔っぱらっているし、自分は変な夢を見ているんだ、そう無理やり納得させる。目が覚めたら、元の生活に戻っているはず。とにかく浮気をしている上に、暴力まで振ってきた夫との関係は、清算すべきだろう。

かすかな吐き気を感じつつ、菜々子は結婚前に独り暮らしをしていたアパートにたどり着くと、ベッドに横たわり昏々と眠ったのだった。

「やっぱり、ここって……」

一夜経って目覚めると、天井の景色が今までの家と違う。ベッドも一人暮らしで使っていたシングルベッドだ。

疲れていたのか、目が覚めたのは昼過ぎで、子供を産んでから寝坊なんてしたことのなかった菜々子は、驚いて飛び起きると、世話をする娘がいないことに気づいて動転した。

そして、頭の整理をするために久しぶりに一人でお風呂に入った。

独身のころ気に入っていたちょっと贅沢なバスソルトを使い、ゆっくりとお風呂に浸かっていると、緊張が解けてなんだか涙が零れて仕方なかった。今まで元弥のところで萎縮し続けていた自分自身に対して、その労をねぎらうような行動ができたことがすごく嬉しかったのだ。

お風呂の中でさんざん泣いて、スッキリした気持ちになった菜々子は自宅の探索を開始した。

まず机の上を確認すると、昔からつけ続けていた日記を見つけた。

『五月十日。入社して三年目にして、ようやく補助じゃなくて、メインで仕事をもらえた。大きな施設じゃないけれど、主担当者として仕事を任せられたからには、クライアントに満足してもらえる施設にできるように全力を尽くそう！』

菜々子の結婚前の職業は建物の内装デザイナーだった。納期の関係もあり、場合によっては残業も当たり前の激務だ。だがインテリア専門商社に就職して、初めてメインで介護施設のトータルインテリアデザインをすることになり、気合が入っていた。ずっと頑張っていて、ようやく努力が認められた。だから仕事も楽しくて、毎日張り切っていたのだ。

（まあその仕事も昇進が決まった直後に妊娠して、退職することになっちゃったんだよね）

産休だって、頑張れば取ることは可能だったのに、プライドの高い元弥の主張で退職せざるを得なかった。今となってみれば、なぜやめてしまったのだろうと後悔もしているけれど……。

とそこまで考えて、震える指で次のページを確認する。そこには続きの日記は書かれていない。当然だ。さっき見た携帯の日付によれば、今日は四年前の五月十二日。この状況だけを見れば、菜々子は二十九歳の春から、二十五歳の同じ季節に戻ってきたことになるのだから。

（だとしたら私、信じられないけど、やっぱり時間跳躍（タイムリープ）したってことなの？）

いきなり時を逆行してしまったなんてこと、なんてありうるだろうか。

夫に無理やりされた上、離婚と口にしたら、突然首を絞められた。その瞬間、あのころに戻りたい、と痛切に願ったことを思い出す。無意識で思い浮かべていたのは、仕事が充実していて、元弥とはまだ出会っていない、一番自由で幸せだったこの時期だったのかもしれない。

「……でも。まさか、そんなこと、ありえないよね」

戻りたいと思ったから、時を超えてしまった、なんて都合のいいことがあるわけがない。夢を見ているんだろうか。今の状況が現実であることを否定したくて家の中を調べて回るが、部屋を確認してわかったのは、四年前の自分の生活が今ここにある、という事実だけ。

「……ちょっと待って。これ、どういうこと？」

頭を整理するために、結婚してからもずっと使っていたシステム手帳を出す。そして、混乱し、震える手で手帳に挟み込んでいた何かの紙に、覚えている記憶をできるだけ細かく時系列で書き込んでいく。日記を書く習慣があったので、日付はわりと正確に覚えている。

元弥と初めて出会ったのは、今から七か月後、クリスマスイブ。芹香が企画した合コンに参加したことがきっかけだった。その経緯についても簡単に書いておく。

そして何度かデートのようなことをして、付き合い始めたのは、三か月後。

なんとなくバレンタインデーにチョコを送って、ホワイトデーにお返しをもらってからだ。ただ、その後何度か泊りがけのデートや、旅行に誘われたけれど、仕事が忙しくなっていたので断った。

そして出会ってからちょうど一年後の二回目のクリスマスイブの日。しびれを切らした元弥にプロポーズのような言葉を言われ、ホテルに泊まって初夜を迎えた。その時に妊娠。翌年の九月に出産し……。そしてそれから一年八か月後の五月十日に、元弥の浮気が発覚して……。

　そこまで書いてきて、自分が今メモを書いているこの紙は何の紙なのだろう、とふと気になった。紙はA4サイズの紙が二つ折りにされていて、外側には今書いた菜々子のメモがあった。そのままくるりと裏返すと、そこに書かれていたメッセージに菜々子は目を見開く。

『あなたに逢いたい』

　そこにはそう一言、見覚えのない筆跡で書かれていた。

　だがそのメッセージを書いたのが誰なのか、そしてなんでこんなことが書かれているのか、菜々子には全くわからなかった。首を傾げながらも、紙の裏側が何かのコピーであることに気づく。

　改めて自分がメモを書いた紙の裏側を確認すると、それは新聞記事のコピーのようだった。内容は女性が夫に首を絞められて意識不明の重体になっていると言うものだった。

（痛ましい事件だけど、被害者の名前とか日付がよく見えないな……）

　何故かそのあたりの文字が掠れていて読み取ることが出来ない。菜々子はこの時期の自分がこんなコピー用紙を持っている理由を考えるが、正直心当たりは思いつかない。

（四年も前のことだから、忘れているだけ、かもしれないけれど……）

　いやそもそも菜々子の中に存在する、今から四年後までの記憶が本当にあったことなのだろうか、という素朴な疑問がわいてきた。もしかすると、二十五歳の自分が見ていた長い夢だった可能性だってあるかもしれない。

「でも、どっちが現実かなんて、そんなの確かめる方法が……」

そう言いかけて、ハッと気づく。

菜々子は不安な気持ちを少しでも早く整理したいと、最低限の化粧だけ済ませて家を出る。今日は土曜日だ。だからこそ、昨日の夜、大学時代からの親友の芹香と一緒に飲んでいたのだから。

（もし、私のこの記憶が夢とか、思い込みとかだったら、あの町の様子が違うはず！）

未来の生活が、菜々子自身の妄想ならば、結婚するまで縁のなかった、四年後に住んでいた家や周りの景色は存在しないはずだ。確認するために、駅から電車で移動し、この時期には降りたことのない、知らないはずの駅で下車した。

「……ちゃんと、あるじゃない……」

改札を通り抜け、駅前まで出ると、菜々子はため息をついていた。その光景はよく見知っていたものだったからだ。何度も通った駅前から続くアーケードは、昔ながらの商店街だ。あのお店は、新鮮な魚を扱っている魚屋で、そしてその隣にはコロッケをはじめとした揚げ物が美味しい総菜屋。文房具屋や、よく覗いた本屋。

「……全部、ある……」

記憶通りの街並みに菜々子は言葉を失った。つまり菜々子の持っている記憶は夢などではない現実のものだということだ。そして商店街を抜けた先にあるのは……。

「え、なんでマンションがないの？」

　ここまですべてそろっているのだ。当然あると思った自分たちの住居がなくて、菜々子は信号の向こうの空き地を呆然と見つめ、思わず声を上げてしまった。

「……そこの土地？　これからマンションが建つって噂だけど……」

　そんな菜々子を見て、心配そうに声を掛けてくれたのは、買い物帰りだろうか、レジ袋を持った気のよさそうな中年女性だ。

「はっ……ああ、そう、そうですよね」

　思い出した。元弥と菜々子が新居として借りたのは新築の物件だった。

（ってことは四年前にはまだ、あの建物は建ってないんだ……）

　そう思った瞬間、信号が青に変わる。電子音で『とおりゃんせ』が流れる中、向かいの整地されただけの土地を見て、小さくため息をつき、今渡ってきた横断歩道を戻っていく。

（なんだか……疲れちゃったな……）

　ありえないことの連続で、菜々子は精神的に疲労を感じる。だが混乱する頭の中で、それでも自分の持っていた記憶が妄想でなかったことは確認できた。

「……この店」

　駅へ戻る途中、商店街の中に小さな喫茶店があることに気づいた。そこは菜々子が伽耶を出産するまでの数か月だけ、アルバイトをしていた店だ。産後もたまにお茶を飲みに行っていた。懐かしさにふと足が向く。

（志津恵さん、いるかな……）

菜々子がアルバイトしていたころ、世話になっていた店主のことを思い出して、自然とその扉をくぐっていた。

「……いらっしゃいませ」

「あっ……」

けれどそこにいたのは、落ち着いた雰囲気の初老の男性だった。じっと見つめていると、不思議そうに見返される。

「あの、志津恵さんは……」

と声を上げてから、しまったと気づく。しかし菜々子の言葉に男性はふっと目元を和らげて笑い返した。

「ああ、志津恵のお知り合いですか。今日はこちらにはいないんです。仕事もありますしね」

目の前の男性は話し方や顔立ちが志津恵に似ている。そういえば、もともと父親が経営していた店を任されたのだ、と志津恵は言っていた。ということは……。

「……もしかして、志津恵さんのお父様でいらっしゃいますか？」

「ええ。……似てますか？」

「はい、志津恵さんとよく似ていらっしゃいます」

そう答えると、志津恵の父は嬉しそうに微笑み、菜々子をカウンター席に案内した。

「じゃあ、卵サンドのセットを、カフェオレで」

メニューも見ずに、この店に来るといつも頼んでいた定番をお願いすると、マスターはコーヒーを淹れ始める。静かに流れているのは古い映画音楽やジャズが中心だ。馥郁としたコーヒーの香り。ふぅっと息を吐き出して室内を見渡す。

（ここはあのころと変わらない……）

マスターの好みなのだろう。年代物の映画のポスターが壁に飾られていて、アーリーアメリカンっぽいインテリアで統一されている。店内は古くても綺麗に掃除されていて心地よい。この店はコーヒーも美味しいが、食事メニューも美味しいことを菜々子はよく知っている。

（伽耶はここのスープが好きなんだよね……）

食事のセットに出てくるたっぷりの野菜をコトコトと煮込んで作ったスープは、素材の味を生かしていて優しい味だ。それを必死に食べる娘の様子を思い浮かべて、きゅっと胸が痛んだ。

（……私、やっぱり時間を逆行してしまったんだ……）

だとしたら、あの時代にいた菜々子はどうなったのだろうか。

もしかしたら未来の記憶を持つ自分がこうしているくらいだ。向こうの菜々子は存在しなくなっているのかもしれない。だとすれば残された伽耶は今、どうしているのだろうか？

浮気にかまけて家庭を放棄した夫が、伽耶を大事にするとも思えない。せめて菜々子の両親に連絡を取ってくれたらいいけれど……。

ゾワリ、と悪寒が背筋を駆け抜ける。確かに辛くて過去に戻りたいと思ってしまったけれど、自分は一番大切なものをあの時代に残してきてしまったのだ。一人過去に戻ってやり直しをするにはいろいろと問題がある。

……なんであの時、そんなことすら気づかなかったのだろう。どうにかして伽耶のいる元の世界に戻りたい。どうしようもない焦りがこみあげてきて、いても立ってもいられない。ぎゅっと手を握りしめ、呼吸が乱れた。

――チリン。

その時、ドアチャイムの音が鳴り、ダメージジーンズにTシャツとジャケットを羽織ったラフな恰好の男性が喫茶店に入ってくる。

顔立ちに見覚えがあって、菜々子はとっさに記憶を探る。

「マスター、アイスコーヒー。めっちゃ疲れたわぁ」

その場が華やぐような明るい声は確実に聞き覚えがある。しかもこちらではあまり聞かない関西弁のイントネーションに、思わずじっとその人の顔を見てしまった。さらさらした茶髪を、くしゃりと掻き上げる彼と視線が合って、菜々子は慌てて会釈をする。彼は驚いたように、ぱちぱちと眠そうな目を瞬きして、それから菜々子の一つ空けた隣のカウンター席に座り、くたりと机に突っ伏した。

「城崎さん、仕事ですか？」

「そー、仕事っていうか講習受けてきた。ちゃんと資格取れって事務所がうるさいんや」

マスターが入れたグラスの水を一気飲みして城崎はため息をつく。城崎、という名前と関西のイントネーションで話す声に菜々子の記憶がはっきりと蘇ってきた。

（やっぱりこの喫茶店の常連の城崎さんだ）

このころから常連だったのか。ちょっとした驚きをもってその横顔を見つめていると、ぱっと彼がこちらを振り向く。

「俺と……どっかで会うたこと、ある？」

その言葉に慌ててぶんぶんと首を横に振った。自分はバイトしていたころに彼とは何度も会っているけれど、それは未来の話だ。こちらの自分は初めてのはずだ。

「そやったっけ。なんか知っているような気がして……」

そう言うと、にこりと人懐っこく笑う。

（元の世界にいたころより元気だな。だって私が知っている城崎さんは、なんか……もっと疲れていたし……）

司法書士だか、弁護士事務所だかに勤めていたと聞いたことがある。いつも忙しそうで、こんなに元気ではつらつとはしてなかった。もちろん関西弁での会話は軽妙で明るいキャラクターではあったけれど。

「せや、これも何かの縁だと思うし……なんかあったら贔屓にして」

DETE
MOVIES
FESTIVAL
12.07.

そう言って彼が取り出したのは、弁護士事務所の名前の入った名刺。そういえば、アルバイトしていた時にも、名刺をもらった記憶がある。なんとなくずっと財布に入れっぱなしにしていたはずだ。

「城崎蒼真（そうま）さん……弁護士さんですか？」

「いや。まあ……その下働きみたいな感じやな」

前もこの人懐っこさで、彼の仕事は営業職だと思い込んでいて、弁護士事務所勤めだったことを意外に思ったのだった。男はにこにこと笑って握手を促すように手を伸ばす。思わず手を握ってしまって妙な気恥ずかしさを覚えた。

次の瞬間、はっと気づいて菜々子は慌てて財布に何枚か入れていた自分の名刺を引っ張り出した。以前は渡すべき名刺はなかったけれど、今は喫茶店のバイトではなく、きちんと会社で働いているのだ。

「天羽（あもう）菜々子さんか……珍しい苗字や。けど、天女みたいで綺麗な苗字」

菜々子は旧姓の苗字が気に入っていた、だから褒められて素直に笑みを返す。蒼真もにこり、と目元を細めて笑った。菜々子は彼の邪気のない笑みに見惚れてしまう。

「弁護士事務所に贔屓にしろと言われても、普通の人はできれば避けたいですよね」

そのタイミングで、菜々子の前には卵サンドが、蒼真の前にはアイスコーヒーが置かれた。マスターのセリフに思わず菜々子は苦笑いしてしまう。さっきの不安と緊張感が、突然の来客者にさえぎられて少しだけ落ち着いた気がする。

「そうか。ま、そうやろなあ」

　蒼真は名刺入れをしまいつつ、マスターの言葉に頷く。アイスコーヒーにミルクとシロップをたっぷり入れ、ストローでぐるぐるとかき混ぜると、氷がカラカラと心地よい音を鳴らした。そういえば記憶の中の『常連の城崎さん』は結構な甘党だった気がする。

「はぁ、生き返るわ」

　ストローで一気にアイスコーヒーを飲むと彼は幸せそうな息をつく。

「いただきます」

　そんなのんきな彼の様子を見ていたら、少しだけ食欲が蘇(よみがえ)ってきた。サンドイッチを一つ取って食むと、じっとサンドイッチを見つめていた蒼真のお腹がぐうっと鳴る。

「あの、一ついかがですか？　実はちょっと二日酔いで。頼んだのはいいのだけれど、やっぱりたくさんは食べられなさそうなんです……」

　思わず声を掛けてしまった。

「いや、大丈夫。自分で頼むし。ほんま情けなっ……」

　少し顔を赤くして、慌てて固辞する様子に、自然と笑ってしまう。

「半分食べてください。食べきれなくて残すのもったいないし」

　菜々子の言葉に一瞬躊躇(ちゅうちょ)したものの、彼はくすりと笑うと、菜々子の皿から一つサンドイッチをつまんだ。

「……ほんなら、一ついただきます」

いたずらっぽい笑みが一口サンドイッチを食んだ途端、優しい笑みに変わる。

「ここの卵サンド、ほんま懐かしい味がするわ……」

普通の卵サンドはゆで卵をマヨネーズで和えたものが多いのだろうけれど、ここの卵サンドは厚焼き玉子を挟んだものなのだ。確かに東京では珍しい。

「うちの方やったら、卵サンドっていったら、こっちが出てくるんやけどなあ」

機嫌よさそうに言うと、目元をまた細める。本当によく笑う人だ。だから若いのにそんなに目元に皺(しわ)が寄るんだ。なんてアラサーの自分が突っ込みを入れている。まあ、この菜々子の体はもっと若いし、目の前の男性は菜々子の一つか二つ年上だった気がするけれども。

その時、喫茶店にどこか懐かしい感じがする女性ボーカルの曲が流れる。

「あ、『タイム・アフター・タイム』……」

「あ。あれな。映画、面白かった」

お互いの会話がかみ合わず、顔を見合わす。

「この曲、映画の主題歌じゃないですよ。映画の方も観ましたけど」

「ほんま？　タイトルが一緒やから、映画の主題歌やと思い込んでたわ。いや、俺も映画、観とるんやけどなあ」

「ずいぶん珍しい映画、観ているんですね」

お互いにそんな映画を観ていることがわかって思わず笑ってしまう。そういえば、彼は映画観賞が趣味だと言っていた。菜々子がアルバイトしていた時には映画の話も何度かしたことがあったのだ。でも、こんな古い映画まで網羅しているとは知らなかった。

「へえ、菜々子さんもあんな映画観てるんや。じゃあ……」

次々と出てくるタイトルは、若干マニアックで、でもどれも観たことある映画ばかりでテンションが上がってしまう。

それから映画を話題にして会話が盛り上がり、彼に誘われるまま、居酒屋に移動してさらに話し込んでしまった。

なんだかまだ話し足りなくて、気づけばさらにはしごして二軒目のバーへ行き、カウンターで横並びに座って会話をしている。

なんでこの人と、こんな風にずっと一緒にいるのだろう。ただ彼と一緒にいる間、流れている空気が心地よくて、楽しくて。自然とリラックスした笑顔を見せていた。

（なんかおかしなことになったなあ……）

と思いながらも、ふと現実に立ち戻れば、時間を逆行したなんていう想像を絶する事実から逃避したいような気持ちと、その一方で娘の笑顔が脳裏にちらつき、なんとかしてあの時代に戻らないといけないという焦燥感が常に心の中で渦巻き、落ち着かなくて足が地についていないような気分だ。

「あの作品、良かったよなあ」

「でも遺作になっちゃうなんて……。惜しいことしましたよね」

「……え。あの監督、元気やろ」

「あっ……嘘です。勘違いです。この時点では、まだ生きてました！」

「ああ、びっくりしたわ。この間、新しい映画公開になったばっかりやし……ってこの時点では、まだ？」

　勧め上手の蒼真のせいで、ついついお酒が過ぎて、気づくとこの時代にはまだ公開してない映画の話をしてしまったり、キャストやスタッフの去就について、おかしな発言ばかりしてしまっていた。

「ええ……まだ若くて才能あったのに、惜しい人を亡くしたなあ」

「ちょ……菜々子さん。やっぱりあの監督亡くなるん？」

「そうなんですよ。映画公開後少したってから、飛行機事故で……」

　酒に酔っていて、自分でも何を言っているのか、すでによくわからなくなっている。

「あの時はショックで、作品を一晩中、観てたなあ」

　思い出してうるっと涙がこみあげてきてしまう。そんな菜々子を見ながら、『未来で見てきたようなことを言うんやなあ』と彼が小さな声で呟いたことには気づかなかった。

　そういえば、元弥と出会って、あの監督の映画の話をしたら、『そんな作品あったたっけ?』って言われて、あんな有名な監督を知らないなんてってすごいびっくりしたんだった。

「あーあ。やっぱり私、配偶者選び、間違えたかも！」

「え、菜々子さん、結婚してるん?」

「結婚してません!　誰があんな男と結婚なんて!」

「……はぁ。言うてること、めちゃくちゃやな。結構酔っておるんやろか」

彼が頬杖をついて、グラスをつつく。カランと氷が音を立てた。

「……なんか不思議な人やね、菜々子さんは。なんか人には言えない重大な秘密でも、持っているとか?」

ちらりと、その姿勢のまま上目遣いでこちらを見つめる。改めてみると蒼真が整った顔をしていることに今更気づく。髪は茶色いけれど、瞳の虹彩も明るい茶色だ。だとしたら、この髪の色は生まれつきなのかもしれない。

そんなことをぼんやり考えながら、菜々子は左手を自分の右手で触れて、指輪の痕を探すようにゆるりと薬指を撫でた。元弥と結婚してからずっと指輪をしていたけれど、今の菜々子の指にはその痕跡すらない。

なんとなく、自分は今、自由なんだ、と思った。そんな菜々子の様子に気づいているのか、蒼真は何かを確認するかのように、目をすぅっと細めた。

「菜々子さん……ほんまは、結婚してるとか」

「そればっかり聞きますね」

はぁっとため息をついて、横に並ぶ男の顔を見つめる。カウンター席ならではの近い距離で視線が交わった。

「結婚どころか、付き合っている人もいません！　今は。ただ……」

「ただ、何なん？」

「私、未来で結婚していた記憶があるんです。伽耶っていう可愛い子供もいて……。でも夫に裏切られて、過去に戻りたいって願ったら……今ここにいて。――多分タイムリープってやつなんです」

一気にそう告げると、彼は目を見開いたまま固まってしまった。

「……それ、なんかの映画の話？　それこそ、『タイム・アフター・タイム』みたいな」

彼が例に出した映画のタイトルは確かにタイムマシンが出てくる時間旅行の話だけど。

菜々子は首を横に振る。

「私も混乱しているんです。昨日、居酒屋で目を覚ますまでは、今から四年後の世界にいて、商店街の向こうにある空き地に建設予定のマンションに、夫と娘と住んでたんです」

菜々子の言葉に、なんて答えたらいいのか迷っている彼の表情を見る。こんな話、世界中の誰も信じてくれないだろう。そう思ったら孤独で、なんだかたまらない気持ちになった。何か自分の話を証明するものはないかと、とっさに鞄を漁り、今朝、時系列のメモを書いたコピー用紙を手に取ると、彼に押しつける様にした。

「これ見てもらったらわかると思うんですけど、私、こんな風にこれからなる予定なんです」

蒼真は菜々子から渡された時系列が書かれたメモを見て、それからその紙を開いて、「あなたに逢いたい」というメッセージを確認すると、意味がわからないというように眉を寄せる。だが焦燥感に駆られていた菜々子は、彼の反応すら無視して会話を続けた。

「だから私、自分の中にある未来の記憶が本当かどうか、ここまで確認しに来たんです。そうしたら、やっぱり私の記憶通りの風景で。マンションはこれから建つ予定でしたけど、あの喫茶店もあって、メニューも店内のインテリアも一緒で。四年後の世界で、志津恵さんがやっていたお店は、彼女の話通り、今はまだ志津恵さんのお父さんがやっていたし、未来の記憶と目の前の現実に一つも齟齬がなくて……。そう考えたら、私、やっぱり色々ショックを受けたせいで未来から過去……この時代に飛ばされてきたんだ、ってそう思うじゃないですか！」

　思わず声が高くなりかけて、興奮している自分に気づいた菜々子は慌てて自分の口を手でふさぐ。バーテンは一瞬こちらに視線を送ったものの、彼女が声を押さえたのを見て、作業に戻った。

「……そか、それで菜々子さんの気持ちは大丈夫？」

　そっと頭に手を置かれて、小さく撫でられた。驚いてゆっくりと視線を上に向けて彼の顔を見上げる。

「え？　気持ち？　大丈夫って何が？」

「タイムリープ云々（うんぬん）は別にして、夫に裏切られたって……それがショックだったたってことやんな」

彼の言葉があまりにも透き通っていて優しいから、なぜか涙腺がゆるんだ。

「私の言っていること、わけがわからないって思わないんですか？」

自分だって、何を言っているんだろうと思うくらいだ。聞いているだけの蒼真はもっとわからないだろう。

「……まあ、わけは、わからへんけど。でも今、菜々子さんが傷ついて泣きたい気持ちなのはなんとなく伝わってくるから」

「でも……それでも私、元の世界に戻りたいんです」

彼の手が自分の肩に菜々子の頭を寄せるように動くから、それに従って肩に頭を乗せた。頭を撫でてもらうとなんだか心がふわふわする。こんな風に誰かに頭を撫でてもらったことは、ずいぶん長いこと、なかった気がする。

「……辛いことがいっぱいあったから、過去に戻ってやり直したいって思ったんやないの？」

柔らかい彼の声が耳元で聞こえる。聞きなれない西のイントネーションが心地よい。

「嫌な思いはしたけれど、私には夫との間に娘がいるんです。私がこっちに来てしまったら、向こうの世界で娘が一人置き去りになっているのかもしれない。浮気をするような人が、伽耶を……大事にしてくれるなんて思えない」

ゆるゆると髪を撫でられているうちに、ぼろぼろと涙が零れてくる。元弥があの時浮気相手の女性の名前を呼んだことで、体だけではなく心まで夫と離れてしまっていたことを改めて知って、ひどく自分が傷ついていたんだと今更理解した。

「なんで四年も前に飛ばされちゃったんだろう……」

思わず口をついた独り言に、意外と律儀な彼はその理由を考えようとしてくれたらしい。

「せやなあ。……そもそも、そのタイムリープとやらのきっかけになったこと、あるんちゃう？」

「……信じてくれるんですか？」

「菜々子さんがそんな信じてもらえない嘘つく意味もないし、とりあえず、アリっていう前提で話を聞いてるんやけど」

心の底から信じるなんて、あからさまな嘘をつかれるよりは、彼の正直な言葉にかえってほっとする。彼の肩に預けていた頭をゆっくりと上げた。

「そか。じゃあ、その前提で話を聞いてください。えっと……時を飛んだ原因は、ですね。それは多分、夫に無理やりエッチされたせいだと思います」

ここまで話せば、何を言っても驚かないだろう。そう思ったのに菜々子の言葉があまりに意外だったのか、固まってしまった彼の顔をちらりと見つつ、話を続けた。

「夫が浮気相手とエッチできなかったらしく、帰宅して二年以上放置していた私に手を出してきたんです。……まるで身代わりみたいで悲しかった。痛いし、気持ち悪いし。それが嫌でたまらなくて、結婚する前に戻りたくなって……。でも、今は向こうの世界に残してきた伽耶（むすめ）のことが心配で仕方ないの。だから一刻も早くあの子の元に戻らないと」

赤裸々すぎる菜々子の言葉に、さすがの彼も返す言葉を失ったように何かを考え込んでいるようだ。

「なるほどなあ……。なら俺もわりととんでもないこと、提案しようと思うんやけど。嫌だと思うなら聞き流してくれていいから、言うだけ言うで」

そして彼が耳元で囁いた言葉に菜々子は唖然とし、それでもなぜか、こくりと首を縦に振っていた。

＊＊＊

（どうして、こんなことになってしまったんだろう……）

酔っぱらっていた。不安だった。それより元の時間軸に戻りたいという思いでいっぱいいっぱいだった。

「菜々子さん……大丈夫？」

だからと言って、こんなことをなんで自分が受け入れているのかわからない。

あの時彼は、菜々子の耳元でこう囁いたのだ。

『——せやったら、俺とエッチしてみない？　それでまたタイムリープできるかもしれへんし。……俺は単純に、菜々子さんが女性として魅力的だから……してみたいだけやけど』

その言葉に正直気が動転した。だけど夫にさんざん傷つけられていたから、一人の女性として男性に求められたことに少しだけその傷を慰められたような気がした。

（それに、元弥さんだって浮気していたし）

いや、そもそもこの時代の自分は独身で、誰と付き合っているわけでもないから何の問題もない。素敵だなと思う人と出会えば、恋人になることだって可能なのだ。

（まあそれにしたっていきなりこの展開はない、と思うけど）

でも上手くいけばこの間と同じ状況になるのだから、伽耶の元に戻れるかもしれない。

「だ、大丈夫です……よろしくお願いします」

自分でもありえないほど緊張して、動揺している。そもそも男性経験は夫としかないのだ。しかも既婚者と思えないほど薄っぺらい経験だ。慣れない焦りで、思わず頭を下げると彼はふっと笑った。

「そんなに緊張しないでも……」

連れてこられたのは彼の家だ。あの喫茶店の常連だっただけあって、同じ駅の反対側に住んでいたらしい。

すでにシャワーを浴びて、彼のシャツを借りている。一応下着はつけているけれど、お互いそういう雰囲気だ。ベッドの隣に座った彼が菜々子を見つめる。

「大丈夫やって。嫌なことはしないって約束するし」

ふわりと柔らかく髪を撫でられた。大きな手に撫でてもらう感覚が心地よい。元弥はあまりそういうことをしてくれる人ではなかったから……。

「まあ、菜々子さんの緊張している顔も可愛いけど。せっかくならもっとエロい顔も見てみたいし」

ちゅっと緊張感をほぐすように、頰に唇で触れる。真剣な瞳が菜々子をじっと見つめて、頰に落ちていた菜々子の髪を耳に掛けるようにした。それから彼は長い睫毛を揺らして目を閉じる。それに合わせて菜々子も目を伏せた途端、唇が降ってきた。

「んっ……ぁっ」

一度目は軽く触れて離れた。間髪を置かず、再び唇が触れる。絶えず彼の手は、菜々子を安心させるように髪を、頰を撫でている。優しくキスをされて、柔らかく触れられて、徐々に緊張が抜けていった。

「はっ……ぁあ」

菜々子の吐息が甘く漏れたのをきっかけに、キスが深まっていく。

（なんか、気持ちいい……）

キスが気持ちいいなんて思ったことがなかったのに、彼の唇と舌が菜々子の口内に触れるたびにその場所が敏感になっていくようだった。ざらりとした舌先が中の形を確認するかのように探る。それを必死に受け取っていると唾液が伝ってくる。それを自然と嚥下していた。

「んっ。菜々子さんは素直やね」

銀糸を引いて唇が離れると、ほんの少しだけ寂しく感じてしまう。そんなこと今まで感

じたことがなくて、不思議に思う。

　そっと背中と膝裏に手を入れられて、ベッドの中心に横たえられた。ぎしりと音を立てて、蒼真は菜々子の顔の横の辺りに手をついて、彼女の顔を覗き込む。

「菜々子さんは俺と相性よさそうやし、感じやすそうだから、きっと気持ちよくしてあげられると思う」

　いたずらっぽく笑った瞳が細められて、また目じりに皺が寄る。だが菜々子は以前夫に『不感症』と罵られたことを思い出して、顔がこわばった。

「相性がいいとか、悪いとか。そんなこと、なんでわかるんですか？」

「キスすると、わかる気がするけど？　てか、どないしたん？」

「いや、私、夫に不感症って言われたことがあるくらい、こういうのダメで……」

　思わず顔を顰めると、ちゅっと頬骨の辺りに軽く口づけられて、視線が交わった。

「俺の友達統計やけど……そういうこと言う男は、大概自分が下手なだけやで。自分のテクニック不足で、相手の子を感じさせられないだけなんやって。……まあ、よう知らんけど」

　下手、と言い切ったわりに、無責任に続けられた「よう知らんけど」という言葉を聞いて、知らないのか、と突っ込みを入れたくなる。けれど、女性にモテると思っている元弥が、実はエッチ下手だったら面白い、なんて小さく笑ってしまった。

「まあ、上手い下手っていうのも違うかもやけど。相手の気持ちに寄り添わないと、お互い気持ちよくなるわけないし。それに気持ちよくならんのやったら、自分でする方がなんぼかマシだと思わへん？」

　そう言いながら蒼真は菜々子の手を取り、その指先にキスをする。

「だから、菜々子さんも自分の感覚に素直になったらいいと思う。嫌やったら、嫌って言ったらいいし……」

　にこり、と浮かべる笑顔がこの人は一番魅力的なんだと思う。もともとクールに見える涼しげな目をくしゃりと細めて笑うと、印象ががらりと変わるのだ。それにこんな風に、常に笑顔を向けられていると、自分が受け入れられている、と思えて安心する。

「自信もったらいい。菜々子さんはほんま可愛いし……」

　ゆっくりと身に着けていたものを脱がされる。けれどそれに強い恐怖を感じないで済んでいるのも、彼の柔らかい声と気遣いのおかげだ。

「ほら……こんなに感じやすい」

　すぅっと指先だけで首筋から鎖骨、胸のラインを撫でていく。それだけで思わず甘い息が漏れた。ちゅ。と唇が鎖骨の辺りに落ちてきた。きゅんっとお腹の中がうねるような感じを覚える。ゆっくりと彼を見ると、視線が合った瞬間、また笑みを浮かべた。それだけでなんだか胸が甘く鼓動する。

「菜々子さん、綺麗や」

　胸元へキスを降らせながら、蒼真は褒め言葉を柔らかい声で囁く。やわやわと胸に触れられて、灯り始めた情欲が胸の先端に熱を集める。そのことに気づいていないのか、彼はそこを避けて少しだけ力を強めて手のひらでふくらみを堪能する。

「胸、大きいなあ。肌も綺麗やし、触り心地もいいし。最高や」

　褒め言葉とともに、キスがいくつも肌に落ちてくる。そのたびにぞわぞわとするような愉悦がこみあげてきて、ひくりと体が震えるようになってきた。

「……反応がエロくてドキドキする。こんなに硬くしているし」

　ニヤリとほんの少し意地悪く笑うと、ずっと熱を持っていた胸の先を唇で覆う。

「ひゃうっ……」

　思わず間の抜けた声を上げてしまったけれど、彼は唇でそれを覆ったまま、舌先で尖ったそれを転がす。もう一方の胸の先も、指の腹で潰すように刺激した。

「やぁっ……そこっ」

　両方の乳首を弄ばれて、思わず声が上がってしまった。イヤらしく舐められ、吸われて体が淫らに震えてしまう。逃げ出したいほど恥ずかしいのに、気持ちよくて力が抜けてしまう。

「……声も可愛い。感じるたびにふるふる震えて、ほんま……いろいろたまらへん」

　あけすけな言葉も、方言交じりのせいか、すんなり菜々子の耳に入ってくる。

「やだっ……恥ずかしいっ」

「今の『やだ』は本気で嫌がってないから、カウントせぇへん」

意地悪く囁かれ、カリと甘く胸の先を噛まれて、ひときわ高く啼いてしまう。

「ほら、気持ちいいんやろ？」

「だっ……ダメ」

「ふぅん。ダメやったら、やめた方がいい？」

くすくすと楽しげに笑う様子は、先ほどまでの優しいものから少しだけ意地の悪いものに代わっていて、なぜだかそれが余計に菜々子をドキドキさせた。

「そういう時は、素直に気持ちいい、って言う方がいい」

そう言うと、額にキスをした。じっと見つめられてまた視線が合う。優しい表情と、どこか情欲を秘めた瞳にドキリ、と心臓が高鳴る。明るくて陽気な人だけど、こういう風になった瞬間、瞳の奥に仄暗い情欲の陰りみたいなものが見えるから、その視線に捕らわれてしまう。

「例えばこんな風にされたら？」

きゅうっと胸を少しだけ強く摑まれて、男性らしい節の目立つ指が柔らかい白い肌に食い込む。せり出された胸の先端を吸い上げられた上に、舌先でさんざん転がされる。

「あっ……はぁっ」

「……気持ちいいやんな」

「んっ……気持ちいっ……」

そう答えてしまった瞬間、ぞわりとさらに強い快感がこみあげてきた。

「素直な菜々子さんは、ほんまエッチでたまらんわ」

褒めるかのようにキスを落とされて、思わず力の抜けた笑みを返してしまった。エッチの時にさえ菜々子を否定してくる元弥とは、全然違う蒼真の言動に、自然と体のこわばりがとけ、気持ちよさが増してくる。緊張がゆるんだ体を確認するように、蒼真は菜々子の下腹部に指先を進め、そのまま閉じられた足の間に指を滑り込ませた。

「あっ……」

「……たっぷり濡れてる。とろとろや」

陶酔したような声が聞こえて、両側の膝の裏に手を通されて、彼の目前で開かれる。

「やぁっ……ダメ」

恥ずかしくてとっさに逃げ出そうとした体を抑え込んで、彼は手のひらでその部分を覆う。中指が潤みをまとい、中心を指がなぞる。彼の指が動くたび、くちゅくちゅと淫らな音を響かせる。

「やぁ、ダメ、音っ」

「感じにくいってよう言うわ。普通に触っただけで、こんなに濡れてるし。このとろとろで敏感なところいっぱい弄ったら、もっと良くなると思うんやけど」

いつの間にか開かれた足の間に座り込んだ彼が、また目を細めて笑う。

「やぁっ……ダメ」

「菜々子さん、ダメって言いながら、下半身に全然力入ってへん。人の体は気持ちよかったら緩むし、嫌だったらこわばるんやで。……気持ちいいんやったら、ダメとか言わないで、気持ちいいって白状したら？　強情っぱりやなあ」

指が割れ目の始まりを確認するように動く。それに合わせて彼はもう一方の手で、その部分を開くようにした。

「けどほんま可愛い。もう我慢しきれんとぷっくり立ち上がってる。めっちゃ旨そ……」

次の瞬間、指よりもっと柔らかいものが感じやすいところを撫で上げる。彼が顔をその場に伏せていて、敏感なところをうごめいているのが彼の舌だと気づく。ゾクンと言葉にしがたい感情が湧き上がってきて、飲まれそうになる。それが何か確認するより前に恐怖が先に立った。

「そんなとこ、舐めちゃだめっ」

慌てて手を使って彼の頭を押しのけようとする。すると蒼真は顔を上げて、濡れた唇を指で拭う。でもそこを開いた指はそのままだ。

「……なんで？」

「だって汚いし……そんなこと、されたことないし」

「ええっ。クンニもされたことないん？」

逆に彼に引かれてしまって、自分の方が非常識なのかと焦る。

「もしかして、その男以外の経験がない？」

その言葉に素直に頷いてしまう。

「あちゃあ。それ、ほんまにソイツが下手くそなだけの確率、めっちゃ上がったかも？」

　彼は肩を竦めると、もう一度顔をそこに近づける。

「ちょっ」

「初めてやったら……これ、気持ちいい？　気持ち悪い？」

　そうストレートに尋ねられると、気持ち悪くはない、と思う。行為自体にびっくりはしたけれど、ぞわぞわして、なんだか気持ちよかった。

「なあ、気持ち悪いの？」

　その言葉に小さく首を横に振る。

「そ。それならよかった。俺は最高に楽しいんや。菜々子さんのここ、感じやすくてこりこりしてて美味しいし」

　美味しい？　その言葉に目を瞬かせていると、彼は再び先ほどの行為を再開する。舌で感じやすくなっている芽を舐め上げたり、クリクリと転がしたりしてさんざん嬲る。そうされているうちに、体中が熱を帯びてくる。頭が白くなってぼーっとしてくると、気持ちいいという感覚がはっきりと湧き上がってくる。

「あぁっ……それ、きもち、いい、かもっ」

　それを口にした瞬間、全身を何かが駆け上ってくる。お腹の中がきゅんきゅんとして、その刺激でハクリと何かが収縮した。

「あっ……気持ちいっ……なんか、ダメ、それっ」

「うんうん、菜々子さんは素直ないい子や。一回イこうな」

唇を離すとこちらを見て、笑顔を見せ囁く。次の瞬間、そこをきつく吸い上げられて、目の前がパチパチと白く閃いた。

「ひぁっ……ぁあっ、あぁ、ぁ……」

糸を引くようなはしたない声を上げて、体がびくびくと震える。背筋を反らしてとっさに手を伸ばしていた。

「……上手にイけた？」

その手を捉えると、彼はまた指先にキスを落とす。菜々子は目を見開いたままの状態から瞬きすると、ほろりと涙が零れた。

「初めて……かも」

「……はぁ？」

「こんな風に、なったの……」

絶頂に達するとかそういう話は聞いたことあるけれど、きっと今のがそうなんだ、とわかるほど鮮烈な感覚だった。

「……やっぱ、下手くそなんや。ソイツ」

眉を顰（ひそ）めた彼に、つんと額をつつかれた。

「ちょっと可愛がっただけで、すごい素直にイったし。感じにくいとか、絶対ソイツにだまされているわ。菜々子さんは普通どころか、結構感じやすい方やと思うで」

そう言われてなぜかまた涙が零れてくる。

「あれ、なんで涙が出てくるの？」

不思議に思いながら菜々子は慌てて指先で涙を払う。

「不感症なんて責められて、女の子が傷つかないわけない。そんな奴のこと、もう忘れたら？　単にエッチが下手で、本来なら大切にすべきパートナーすら気持ちよくさせられない稚拙な男ってだけのことやし」

そう言うと彼はニヤッと少しだけ悪い顔で笑う。

「でも確かに、菜々子さんもあんまり慣れてなさそうやな」

つぷりと潤んだ蜜口にゆっくりと指先が飲み込まれていく。

「先に慣らした方がいいかもしれへん」

正直違和感はある。けれどたっぷりと濡れているせいか、痛いというよりはぞわぞわするような、先ほどの余韻のせいか神経の鋭いところを心地よく撫でられている感じがする。

「はっ……ぁあ」

「いい子やから力を抜いて」

慎重な指が中を探る。

「気持ちよさそうやなあ。ひくひくしているし、指を締め付けてくる」

そう言いながら彼は顔を寄せて菜々子にキスをする。とろとろに溶けそうなほど甘くキスをして、中をゆるゆると慣らしていく。夫は濡らすためだけに指を突っ込むようなことをしていたけれど、愛撫なんてものではなかったから、こうされるだけでも気持ちいいなんて驚くばかりで……。

「んぁっ……」

彼が丹念に触っていた中の一点に触れた途端、体が激しく収縮する。

「菜々子さんのいいところ、みっけ」

ちゅっともう一度唇にキスをして、彼は身を起こし、本格的にそこを弄ることにしたらしい。

「あっ、そこ、なんか、ダメっ」

彼の指の動きに合わせて、ガクガクと勝手に体が震えてしまう。彼は顔を再び寄せて、感じやすい芽を唇で食む。中と外と同時に責められて、あっという間に先ほどの感覚が迫ってくる。一気に熱が上がり、涙が自然と溢れる。怖いほど気持ちよくて……。

「はぁっ……あ、あああっ」

抑えきれなくて声が上がる。体の震えがこらえきれなくて、震えるたびに愉悦がこみあげてくる。溢れる、と思った瞬間、頭の中が真っ白になった。

「菜々子さん、中でイクのも初めてやんな。そのわりに……エッチやなあ」

くつくつと笑う彼に、恥ずかしくなってしまう。思わず手を伸ばして、彼の肩を軽く叩いた。

「城崎さんって意地悪ですね」

「この状況で、城崎さんって。……もう蒼真でいいんちゃう？　あ、俺も菜々子ちゃんって呼ぼう。でさ、菜々子ちゃん。せっかくやし、フルコースで気持ちよくなりたない？」

そう言うと彼は枕元を探ると小さなパッケージを手に取る。

（うわ、コンドームだ……私、今からこの人としちゃうんだ……）

自分の中の理性が一瞬抗いたいような気持ちにさせる。だけど今垣間見た世界の先を見たい。それに……先ほど誘われた提案、エッチをしたら伽耶の元に戻れるかも、という可能性だってある。あまり男性に慣れてない自分のことだ。こんな風に抵抗なく最後までしてくれる人なんて心当たりが一切ないのだから、千載一遇のチャンスなのだ。

（嫌じゃないし、試してみよう。私、伽耶のところに帰らなくちゃ）

「はい。……城崎……いや、蒼真さんが、迷惑じゃなければ」

その言葉に、彼が目を見開く。

「この状況でそれ聞く？　迷惑どころか、こんなになるほど待ちかねてるんやけど？ま、同意を得られてよかった」

そう言うと彼は一枚だけ羽織っていたシャツを脱ぎ、パッケージを歯と手で開けていく。

「でも……」

「ん？　どうかしたん？」

尋ねられて思わず苦笑してしまう。

「ちゃんと避妊してくれるみたいでほっとした。私、夫とした最初のエッチで、避妊するって言われたのに、してもらえてなくて。それで娘を妊娠して、結婚することになったの」

　その結果、伽耶に会えたのだから、それはそれでよかったのだけれど。

「げ。マジ？　悪いけど、ほんま最悪な男やな。まあ責任取って結婚しただけマシなんかなあ……。けどその後、すぐに浮気やろ？　やっぱりクズやわ」

　元弥の言動でさんざん傷ついていたのだけれど、蒼真が夫のアレコレを、思いっきりけなすから、なんだかそのたびに少しずつ自分の気持ちの傷が癒されるような気がする。

（私だけが悪かった、わけじゃないよね）

　元弥と一緒になってから、ずっと否定されていた自分自身への肯定感はまだない。菜々子が自嘲気味に笑うと、彼は再び菜々子の足を抱える。

「――ま、そんな最低男の話はどうでもいい。それより最後までちゃんとしよか。お互い、とことんまで気持ちよくなろう」

　熱いものが押し付けられて、入り口を軽く突く。そのままなじませるように蜜口を滑らせる。花芽に当たると熱を感じてまた声が上がった。――中に欲しくなってしまう。

「あっ……ぁ、ひゃ」

　けれど彼はいきなり奥まで押し入ることなく、入り口の辺りで軽く挿抜した。

「んっ、あっ」

　入り口が刺激されて思わず声が上がってしまう。けれどそれがゆっくりと押し入ろうとするると、無理に開かれるような痛みを感じて声を上げてしまった。

「いたっ」

「ごめっ……中、ちゃんと濡れているんやけど、なんでこんなに狭いんや？」

その言葉に菜々子はハッと気づいた。この痛みは一度経験したことある……。

「ごめんなさい、私、初めてなの、忘れてました！」

その言葉に彼が眠たげな細い目を思いっきり見開いた。

「初めてって……出産までしてたんじゃ」

「確かに未来では結婚して、出産して子育て中でしたけど、私、この時点では、男性経験皆無なんです！」

元弥と出会ってない今の時点で、菜々子は処女だ。

「ええええええ。ど、どないしよ。初めてって……女の子にとっては大事やろ？」

今まで余裕たっぷりだったのに、おろおろと慌てる蒼真を見ていたら、なぜか初めての時の元弥を思い出していた。

今思い出せば『処女って……面倒くさいな』なんてこちらの負担に思うようなことをわざわざ言っていた。だから痛いばかりで感じることのない自分はそれに対して申し訳なく思っていたのに。

「大丈夫。ちょっとぐらい痛くても……」

「痛い？　せや、初めてじゃそういうこともあるよな。いや、ごめん。さすがにここまで来てると、菜々子ちゃんが可愛いから、俺もよっぽどでないと止められへん、気がする。でも菜々子ちゃんが俺のこと、嫌やって言うんだったら、頭から水かぶっても、なんとか我慢するけど……」

体を持ち上げて、ちゅっ、と音を立てて菜々子から彼の頬にキスをする。そのまま彼がそうしてくれたように頬を撫でて目を細めた。

「……ん。大丈夫。私は蒼真さんがいい。ちゃんと、最後までしましょう」

ためらう彼の唇に自分からキスをする。夫に傷つけられて時間を飛んだせいか、目の前の男性の優しさがじわじわと身に染みてくる。それにこうしていると、傷ついていた自尊心が優しく癒されるような気がするのだ。

「そか、せやったら、できる限り大切に、痛くないようにする……」

菜々子の手を取って唇を寄せ、誓うように囁いた。様子を窺いながら、ゆるゆると彼女の中に入ってくる。ずいぶんと気遣ってくれているのはわかるけれど、それでもどうしても痛みはあって。

「はぁっ……あっ」

「ごめんな。これさえ入ればマシになると思うんやけど」

「ん、大丈夫……」

「……ちゃんと入ったで」

宥めるようにいくつもキスをしながら、菜々子のすべてを手に入れると、最後にもう一度、褒めるように額にキスが落ちてきた。ふと合った視線が柔らかくて、にこりと笑った表情がほっとしたみたいな様子だから、なんだかおかしくなってしまった。

「ふっ……ふふっ」

「なんで笑うんやっ」

じゃれ合うみたいにして、互いにキスを繰り返す。まるで恋人同士のようなやり取りの間に、緩やかに腰を送られて、徐々に慣らされていた体は愉悦を拾い始める。

「あっ……ぁあっ」

「初めてのくせに、感じるとか、菜々子ちゃんってやっぱやらしーな」

口調は柔らかいくせに、彼の瞳はずっと仄暗い情欲の陰りが見える。

「あぁっ……は、あ、あぁっ。蒼真さんも、気持ち、いい？」

「あほ、気持ちよくなかったら、こないにならへん。めっちゃ硬なってるし……」

蒼真が眉根を寄せて快楽をこらえ、くっと唇を噛み締める様子にゾクゾクする。彼はさっきまでの柔らかい雰囲気を脱ぎ捨て、菜々子を穿（うが）ちながら、瞳を細め、汗で濡れる髪を掻き上げた。ちろりと唇を舐めた舌が壮絶に色っぽい。ギアチェンジしたみたいに、彼の声がぐっと低くなった。

「菜々子ちゃん、もっと気持ちよくなりたいやんな」

舌を伸ばして、いやらしく胸の稜線を舐め上げる。そのまま硬く尖った頂上まで舐められてズクリとお腹の中が疼（うず）いた。

「あっ……ダメ、そこ、突いちゃっ」

それと同時に腰を送られて、ぱちゅん、と淫らな音が室内に響く。

「菜々子ちゃんの中、すごく気持ちいいな」

ちゅうっと先を吸い上げられて、舌の先で押しつぶされる。もう一方の手は腰を抑え込んだまま、親指で下の感じやすい芽を捉えて、転がす。瞬間、じわりとお腹の中が熱くなって、きゅうっと中が締まっていくのを感じる。

「はっ……菜々子ちゃん、ほんまエロい反応っ。たまらへん」

一気に感じやすい部分を弄られて、逃げようのない気持ちよさが菜々子を追い詰めていく。

「ひゃ、あ、ぁあっ……ダメ、また、きちゃ……あぁっ、あ、あっ」

淫らな声を上げて目を見開く。今日三度目だから、この感覚が絶頂だと理解できた。それが深くて長いものになるということも……。

「蒼真さ、や、だめ、きちゃ……も、イっちゃ、うっ」

「ちょ、俺も……もう、もたへん」

それだけ言うと、彼は打って変わって菜々子を追い詰めるかのように激しく動く。甘く溶けていきそうな意識のどこかで、冷静に目的を忘れていない自分もいる。

（私、これで帰れる？　帰れるなら……もう一度、伽耶に会いたい）

だが体は快楽を拾い続け、愉悦の果てまで徐々に高まっていく。

絶頂は仮死状態に近いとか、以前誰かに聞いたような気がする。疲れと混乱の後の意識が飛ぶような感覚のなかで、菜々子の意識はホワイトアウトした。

第二章　二十六歳・十二月

うーんと伸びをする。またしても目覚めたのは一人暮らしのアパートの部屋。ここはどこだっけ、と寝転がったまま寝起きの頭で考えるまで前回と一緒だ。

「前回……。あっ、蒼真さん」

直前まで何をしていたのかと思い出して慌てて体を起こす。予想していた体の痛みなどまったくない。そもそも意識を失う前にいたのは、蒼真の家だ。

「ってさむっ。今、冬なの？　これ、季節も変わっているよね……まさか、本当にエッチしたら、時間を飛んじゃったの？」

急いで暖房のスイッチを入れながら、携帯を取り出す。携帯は、過去に使っていた古い携帯。日付は……。

「やっぱり先の時間に進んでいる？　でもあれから半年ちょっとくらいしか経ってないのか」

伽耶のいる元の時間まで一気に飛べると思っていた菜々子は、思いがけないことに動転しつつも、慌てて新聞を取りに行き、携帯の日付通りなのか確認をする。

「十二月二十日……」

どうやら時間を移動したのは間違いない。

で、今の自分がどうなっているかというと、未来から過去に飛んできた自分の意識が、この時期の自分の体に入り込んでいるような感じなのだと思う。そして前回飛んだ半年前からこの時点までの記憶は、菜々子自身が時間を飛んでしまったから、この体の菜々子が持っている記憶で補完しているらしく、ところどころがあいまいだ。特にあの日、蒼真の家に上がり込んで、エッチした後の記憶が完全にない。

「あの後、どうしたんだろう……」

勢いで蒼真と一夜を過ごしてしまった。途中で自分の意識だけは、こっちに来てしまったみたいだけれど、この時代に飛んでしまった後の、蒼真の部屋に取り残された菜々子自身はどうしたのだろうか。

もし元の菜々子の意識だけ残っていたら、状況が理解できなくてパニックになったんじゃないか。

(蒼真との間でトラブルになってなければいいけれど……)

東京にきてからずっとつけていた日記が、記憶通り引き出しの中にあるのを見つけると、ドキドキしながら中を確認する。

「蒼真さんと過ごした日の日記だけ、何も書いてない」

毎日几帳面につけられている日記が、前日芹香と飲んだことは書いてあるのに、翌日一日分だけ、不自然に飛んでいる。ちなみにさらに翌日の日記には「一日ぼーっとしていた。なんか疲れているみたい」とだけ書いてあった。

だが、蒼真と出会ってエッチした一日のことは、何一つ書かれていない。今まで旅行や仕事に疲れて書けなかった時でも、後日、簡単な備忘録をつけている菜々子にしてはありえない事態だ。

日記を確認しながら、菜々子は自分自身の過去の記憶と、この体の菜々子が覚えている記憶を照らし合わせる。その間に大きな違いはないようだ。多分あの一日だけ違う行動をとり、その記憶が抜け落ちているのだ。

(記憶の件はともかく。……元の時間に戻れなかったけれど、それでも半年ぐらいは未来に移動できているんだよね)

一気に伽耶の元に戻ることはできなかったけれど、時間を飛ばしながら未来に近づいていることに、少しだけ安堵する。

(だとしたら、エッチしないと時間を飛べないってことなのかな)

菜々子の予想通り、エッチをしたら時間が先に進んだ。つまり時間を飛ぶためのきっかけが、それなんだろうか?

「ってこれ……」

ふと日記をめくっていて、あの日から一か月後の日記の内容に思わず目が止まる。大阪弁を話す人に声を掛けられたが、身に覚えがない、という内容だ。

「そっか、蒼真さん、声かけてくれたんだ……」

でも日記によれば菜々子は記憶にない彼を無視してしまったらしい。蒼真に嫌な思いをさせていたら申し訳ないな、と菜々子は思う。

（やっぱり……無関係な蒼真さんをこれ以上巻き込まない方がいい）

ほんのちょっと前まで傍にあった体温と、蒼真のくしゃりとした笑顔を思い出すと胸がきゅっと痛むような気がした。また会ってしまったらその痛みに明確に名前がついてしまいそうだったから、これ以上近づいたらいけないのだ、と菜々子は思う。

（時間を飛ぶために、蒼真さんとエッチしちゃったけど……一回したくらいで気持ちが引っ張られちゃうとか、自分でも節操なさすぎるって思うし。何より大事なのは、伽耶のことだから……）

ベッドに座り、ふと慣れた仕草で枕を抱えたまま、ゆらゆらと揺れている自分に気づいて動きをぴたりと止めた。まるで腕の中に子供がいるみたいだ。伽耶は抱っこが大好きだったから、今、腕の中にあの温かい重みがなくて切ない。

（でも向こうの私、どうなっているんだろう）

過去の体に意識が入り込むのとは違うのだ。時間を逆行しているのだとしたら、その間、向こうの自分はどうなっているんだろうか。まさか、あのまま意識を失ったままだとしたら……。

（どちらにしても、早く帰らないと……）

あの時代に戻るためには後三年半。いや、伽耶に会うだけなら、今から娘が生まれる時期まで一年と九か月。とにかく時間を超えないといけないのだ。

（手っ取り早く戻るには……）

頭を整理しようと、この間、時系列で書いたメモを探して手帳を確認するけれど、その紙が見当たらない。

（あれ……どこかにやっちゃったのかな……）

そういえば蒼真と出かけたバーで、状況の説明をするためにメモを出した記憶があるけれど、その後どうしたのかよく覚えてない。

酔っ払っていたし、半年も経っているし、メモを取ったコピー用紙なんて既に捨てられているだろう。諦めてメモに書いたことを思い出しながら手帳に書きつけ、その内容を確認して小さく頷く。そのタイミングで、携帯が震えた。

『菜々子、今週末、合コンだから！』

芹香からのメッセージだ。それを見た途端、一気に未来の記憶が蘇ってきた。

（これ……元弥さんと出会ったきっかけになった合コンだ）

様々な感情が去来する。もしこのメッセージに『用事があるからいけない』と答えれば、元弥との縁はなくなるかもしれない。元弥と出会わなければ、あんな嫌な思いはしないで済むのだろうと思う。そして今、元弥と距離を置いていると、あんなに不当な扱いをされていたのに、なんで彼に抗うことなく、従い続けてしまったのだろうとも思うのだ。

でも元弥との関係がないと、伽耶は生まれてこない。

『え、合コン、本当にするの？　イブの日だよ』

以前と同じようにメッセージに返信する。即座に芹香から返答が来た。

『イブに来る男子は完全フリーだと思うから安心よ～。菜々子も仕事ばっかりじゃ、干からびちゃうし、絶対来てよね』

文言だって前回と一言一句変わらない。菜々子は一つため息をついて、前回とまったく同じ返答をした。

『わかった。待ち合わせの場所、どこ？』

＊＊＊

そして週末、菜々子は合コン出席のために、ターミナル駅のホームにいた。合コンメンバーとの待ち合わせ場所は有名なパンダがいる場所だ。でも予定通りにそこにはたどり着けない。

今日は先に芹香とターミナル駅の改札口で待ち合わせしてから、一緒に合コンメンバーとの待ち合わせ場所に合流する予定だったのだけれど、改札口で待っていると声を掛けてくるのは……。

「かーのじょ。ひま？　遊びに行かない？」

「暇じゃありません」

そう答えてわざとそっぽを向く。前回の記憶通り二人連れのナンパ男性だ。これで引き下がってくれる相手なら問題ないのだけれど。

「彼女、つれないなあ。クリスマスイブだし、一緒に飲みに行こうって」

そう言っていきなり腕を摑まれた。すでに酔っているらしい。酒臭い息に思い切り顔を顰める。けれどそんな菜々子を無視して、男たちはそのまま二人で片腕ずつ、菜々子の両腕を摑み、半ば無理やり繁華街の方に向かって歩き出す。両側から抑え込まれると、完全に逃げ道を断たれてしまった。

「やめてください」

あの時の自分は恐怖に大きな声すら出せなくなってしまった。二度目だからこそ、少しだけ余裕がある。それにこのまま連れて行かれたらろくなことにならなさそうだ。酔っているからだろう、力の加減もせず菜々子の腕を痛いほど強く摑んでいる男たちに危機感を覚える。

「あの、人の話、聞いてます？　嫌だって言っているんです」

とっさに足を止め、男たちの顔を交互に見上げる。

「ええぇ、聞こえないなあ」

にまにまと馬鹿にしたように男たちは笑い、また強引に菜々子を引っ張っていこうとする。それに抗いながらも菜々子はもうじき掛けられるはずの声を確信していた。

「いい加減にせぇや。嫌がっているやろ？」

関西のイントネーション？　予想外の声に、思わず振り返る。

「うるせぇなあ、お前に何の資格があって、邪魔するんだよ」

「なーにが、『いい加減にせぇや、嫌がっているやろ』だ」

ニヤニヤ笑いを深めた男たちを見て、彼は不快感に眉を顰める。

「軽犯罪法第一条二十八、他人の進路に立ちふさがって、若しくはその身辺に群がって立ち退こうとせず、又は不安若しくは迷惑を覚えさせるような仕方で他人につきまとった者」

「……は？」

意味が分からないことを言われた、という顔で男たちは固まった。

「あんたらがしてるのは、軽犯罪法違反だって、そう言っているんやけど？」

ひるんだ男たちの手から、菜々子を取り戻し、その手を取ったのは、この間のカジュアルな恰好と打って変わって、スーツにコートを羽織っている蒼真だった。

「え、蒼真さん？」

思わず声を上げると、彼が一瞬片眉をひょいと上げる。

「へぇ……。今日は、『俺を知っている菜々子ちゃん』やったんか」

そう言うとふっと目を細めて笑った。笑顔なのになんだか悪そうな顔をするから、ぞわりと背筋が寒くなる。

「ってことで、彼女のデートの相手は俺なんやけど。刑法違反しても、彼女にちょっかい出したい？」

　にぃっと笑った彼の表情を見て、男たちは心底嫌そうな顔をする。

「……ちっ。デートだったらそう言えばいいのに」

　次の瞬間、不機嫌そうな顔をした男たちが去っていく。人の話をろくに聞きもしなかったくせに、と菜々子がムッとしていると、くるりと振り返った蒼真がにっこりと機嫌のよさそうな笑みを浮かべた。

（いや、ちょっと待って。私、もっと面倒な人に捕まったのかも……）

　菜々子は寒いのに背中に冷や汗をかいていた。

「さってと。……俺と菜々子ちゃんが出会った運命の日、人んちから、脱兎のごとく逃げ去った上に、後日知らぬ存ぜぬっていう対応をした菜々子ちゃんに、俺はいろいろ事情説明をしてもらいたいんやけどな」

　そう言うと、蒼真はそっと菜々子の手を握る。言っている内容のわりにふわりと柔らかい笑みを浮かべると、そのまま手を引いて歩き始めた。菜々子はそれに合わせて一歩足を踏み出してから、とっさに後ろを振り返る。

　その時、菜々子の目に飛び込んできたのは、改札口を抜けていく元弥の姿だ。過去の記憶通りなら、性質（たち）の悪いナンパに絡まれた菜々子を助けてくれたのは元弥だったのだ。そこに芹香が合流して、今日の合コンのメンバーの一人だと知る。

　イケメンでさわやかな笑顔の元弥は、コンパに集まった女の子の中でも、一番人気だった。ひそかに狙っている子もいたみたいだけど、なぜか元弥が連絡先を交換したいと言ってきたのは、菜々子だけだったのだ。

最初の出会いが劇的だったから、あまり恋愛なんてしてきたことがなかった菜々子が、彼が運命の人なのでは、などとうっかり思い込んでしまったのは仕方ないことだったのだろうと思う。

（でも……今の私はそれが幻想だったって知っている）

その後いろいろなことがあったから、今は元弥の姿を見ただけでなんとも言えない気分になってしまう。正直、彼の顔を見たくないのだ。だから後ろを振り向かないことにした。一歩でも元弥と離れたい気持ちで、思わず少し足早になる。すると何かを言いたげに菜々子を見下ろす蒼真と視線が合った。

「……あの、これからどこに行くんですか？　私、この間からのこと、説明しないといけないんですよね」

こっちが勝手に一方的に巻き込んだのだ。それに日記によれば、その後声を掛けてくれた彼を、完全に無視してしまったらしい。せめてこちらの事情を話すべきだと思う。

「……さあ。クリスマスイブやしなあ。ゆっくり話せそうなところは、どこもいっぱいやろなあ」

ちょっとだけ意地悪そうに言って、その言葉に反して、はっきりと意思を持っているらしい手が、菜々子の手を引く。じっとこちらを見つめている視線になぜかじんわりと熱がこみあげてきて、つい視線を落としてしまった。

（そうだ。私、この人と……）

彼の記憶では半年前のことだろう。でも菜々子の中では彼と出会って、あんな関係になってしまってから数日しか経ってないのだ。

（この手に触れられて、気持ちよくなっちゃったとか……）

なんて思い出したら、恥ずかしくなって、慌てて握られていた手を解いてしまった。それに気づいているのかいないのか、彼は並んで歩きながら話し始める。

「うちの事務所の先輩が、クリスマス直前に彼女に振られたんやって」

菜々子は首を傾げつつ頷く。

「それは……ショックですね」

「で、せっかく彼女と初めてのクリスマスを過ごすってことで、レストランもバーも予約していたらしいんやけど……キャンセルするのも忘れるくらいショックだったらしい」

駅を出ると、すぅっと冷たい空気が二人を包む。華やかなイルミネーションが明るく繁華街を照らしていた。なんとなく気分が華やぐのは、クリスマスの独特な空気感のせいかもしれない。

「……」

少し早く来たせいで、今のところ合コンのメンバーは集まっていない。誰かに声を掛けられることもなく、待ち合わせ場所をすり抜け、クリスマスイブで盛り上がっている街を進んでいくと、表通りから一本入った裏通りを歩いて行く。

「本当にどこに……」

行くんですか、と尋ねようとした瞬間、蒼真は高級そうなレストランの前で足を止めた。

「ってことで、予約を取り消し忘れた先輩の代わりに、この店で彼の名前を名乗れば、食事ぐらいはできるっていう寸法」

くすりと笑った彼が、入り口で店員に小声で何かを告げると、そのまま個室に案内される。

「って、今日は合コンなんやっけ？」

彼の言葉に目を瞬かせる。今日会ってから、彼にこれから合コンという話をしただろうか？　びっくりしつつも頷くと、彼は菜々子のカバンを指さす。

「だったら、食事だけ付き合ってくれたらいいから、その旨、一本連絡入れておいた方がいいんちゃう？」

そう言われて、はっと気づく。

「そうだ。芹香に電話しないと！」

土壇場でキャンセルなんてしたら、迷惑かかるかな、と心配になりつつも、合コンに誘ってくれた芹香へ電話をする。

「ごめん。ちょっと駅で知り合いに捕まっちゃって……後で行けるようなら行くけど、今日は行けないかもしれない。私の分キャンセルしてもらっていいかな。お金は払うから

「……」

　携帯電話片手に、必死に謝ると、向こうからはため息とともに、了解の返事をもらえた。

「まあ、私が無理やり誘ったしね。その代わり、今度食事おごってよ」

　サバサバしていて後を引かないのが芹香のいいところだ。もう一度謝ると電話を切った。

「どうやら今日は、クリスマスメニューオンリーらしいわ。ワイン、何を飲む？」

　ワインリストを渡されても正直よくわからない。彼に任せておくと、菜々子の好みを聞いて注文を入れてくれた。

　まず最初にシャンパンと前菜が出ると、二人で乾杯する。

「俺を覚えてくれている菜々子ちゃんとの再会を祝して」

「えっと……ごめんなさい？」

「事情があるんやろ？　……いいよ。――まずは、乾杯」

　コツンと触れ合ったグラスがかすかな音を立てる。グラスの中ではじける泡が食卓に置かれたランプにキラキラと輝いていた。口をつけるとフルーティな味で口当たりがいい。

「んっ。美味しい」

　思わず笑みを浮かべると、彼から笑みが返ってくる。同じタイミングで、二人でオードブルにも手を伸ばす。メニューを見てないから値段はよくわからないけれど、乾杯で出てきたシャンパンもその後に出てきたワインも、食事も美味しくて、とても素敵な店だと思う。まあその分、料金も高そうだ。思わず財布の中身を思い出して、ちょっと多めに持ってきてよかった、とひそかに安堵の息を漏らす。

「で、ずっと気になってたんやけど、あの後菜々子ちゃんはどうなったん?」

あの後、というのは彼とそうなった後の話なのだろうと思う。

「私、多分なんですけど、あの後から、今週の月曜日まで時間を飛んだみたいなんです。目が覚めたら自室のベッドにいて、日付を確認したら十二月二十日で、あれから半年以上経っていて本当にびっくりしたんです」

そう説明すると、彼は目を見開く。しばらくそのままでようやく瞬きをすると、くしゃりと髪をかき混ぜて、はぁっと一つため息をついた。

「あの後って、俺とエッチした後?」

「……っ。あの、意識が遠くなった後、目が覚めたら自分の部屋のアパートで、もう十二月で……。だとしたら、私、蒼真さんとして、から、どうしたんでしょうか。蒼真さんの部屋から姿を消したとかそういうわけでは……ないんですか?」

もし目が覚めて、知らない男性が裸で横にいたら、きっとパニックになっただろう。日記にも何一つ書いてなかったし、あの後、蒼真から声を掛けられた話はあったけれど、知っている顔だとは一言も書かれていなかった。

「ああ、あの後に、意識が飛んだんか。……イったあと、菜々子ちゃん、疲れたのかそのまま寝ちゃって。目が覚めたら普通に起き上がって着替えて、何も言わずに俺の問いかけにも無反応なままで俺の部屋を出ていったんや」

彼がその時のことを思い出したのか、なんとも言えない表情を浮かべた。

「え、それってどういうことですか？」

例えば、今のこの菜々子の体の中には、未来で伽耶の母親になっているこの『自分』と、この時代に生きている『オリジナルの菜々子』の意識が一緒にいたとする。

蒼真とエッチした後、『自分』の意識が七か月後の未来である十二月に飛んでしまえば、『オリジナルの菜々子』の意識だけが菜々子の体に残される状態になる。その間の記憶が無かったのなら、何故自分が知らない男性と同衾しているのか、など意味がわからなくて、『オリジナルの菜々子』は驚いて騒いだだろう。

逆に『自分』の意識が優位なだけで、『オリジナルの菜々子』の意識もずっとあったのなら、恥ずかしがることはあっても事情は理解出来ていたはずだ。どちらにせよ無反応ということはないだろう。

「夢遊病とかの人って実際はしらんけど、イメージ的にはそんな感じ。ぼーっとしたまま、着替えて、でもあんまり意識がないみたいな感じで、声かけても反応しないし。夜も遅かったから帰るなら明日にしいや、って止めたんやけど、そのまま何も言わずに部屋を出ていくから、慌てて追いかけて道で偶然通りかかったタクシーを止めて、菜々子ちゃんを乗せたけど。その時は普通にタクシーに指示は出してたで」

彼の説明に言葉を失う。翌日どうしていたのかはわからないが、菜々子の日記の様子から、彼の家から帰った後、彼女の記憶の中には蒼真のことや、あの日の出来事のことは残らなかったようだ。

「それで……しばらくして、菜々子ちゃんを町で見かけて声を掛けたんやけど、完全に忘れているっぽくて、ガン無視されて、俺めっちゃ凹んだわ」

軽い口調で冗談めかして話をしているけれど、彼からしたら、完全に菜々子に振り回されて、意味が不明だっただろうし、無視されたこともショックだったのではないか。

「いや、菜々子ちゃん……あの日、初めてやったし、出会ったばかりの俺と……ってのがもしかして自分的にも納得いってなくて、それでガン無視されたんかな、と思って落ち込んだり。けど後から冷静に考えると、俺といた記憶自体が無くなっているって感じなんかなって思ったんやけどね。やっぱりそうやったんか」

彼の言葉を聞いて、菜々子は小さく頷く。

「後日蒼真さんが会った私は、蒼真さんと会った記憶のない私だったんだろうと思います。あの……それに、私、この間のことは後悔してないです……」

この間のエッチが原因で彼を無視したわけではない、とは伝えたつもりだ。

「……ほんま？　ならいいんやけど……」

と言いつつ、何かを思い出したように、彼はかすかに目元を染めて慌ててワインをあおる。

「はい、ちゃんと未来に飛ぶことができましたから」

と言っても半年未来に時間を移動しただけで、夫が浮気して帰ってきたあの時点は、今から三年半くらい後の未来になるのだけど。

「せやけどあんな風に無理やり時間を先に進めて、しんどくなったり、怖い思いはしなかった？」

彼はどこか切なげな笑みを浮かべて菜々子を見つめる。

心配してくれているんだと思う。確かに誰にも言えない秘密と誰も知らないはずの未来の記憶を抱え、菜々子はとても緊張して、一週間ほど日常を過ごした。それでも……。

「大丈夫、ですよ。私、どんなことをしても、娘のところに帰らないといけないから」

自分は伽耶の母親なのだ。何よりも守らないといけないものがある。この様子だとすぐには帰れないかもしれないけれど、この時間軸の先には、娘と会えるあの未来が待っているはずなのだから。

「ほんま……なんか、危なっかしいんや。菜々子ちゃんは」

柔らかく周囲の空気を揺らして、蒼真の手が伸びてくる。そのまま自然と菜々子の髪を撫でた。

「あんまり無茶しない方がいい。俺で良かったら、相談ぐらい乗るし」

そう言うと目が無くなるほどくしゃりと目を細めて笑う。その表情を見た途端、あの日の夜のことが蘇ってきた。初めてだ、と知らせた瞬間の困ったような顔とか、それでも優しく全部を奪っていった彼の仕草をうっかり思い出してしまう。じわりと頬に熱がこみあげてきて、それをごまかすように、慌てて少し身を引いて、両手で頬を押さえる。

「やだなあ。今日ワインのまわりが早い気がする」

ドキンドキンと心臓が高鳴っている。それはまるで誰かを好きになる時の鼓動みたいで、なんとか冷静になりたくて、視線をそらして、目の前の前菜に向かってフォークとナイフを動かした。

「んっ、コレ、めちゃくちゃ美味しい」

淡いピンク色のテリーヌは、イチジクとフォアグラだと先ほどシェフから説明を受けた。彩り豊かに盛り付けられた料理はどれも美しくて味も良い。

「……ほんまや。せっかくの料理、小難しい話はなしにして楽しまな」

お互い肩の力を抜いて穏やかな表情で、料理を堪能し始める。ワインを飲み食事の合間に、映画の話や彼の近況、菜々子自身の仕事の話題で会話を楽しんだ。

「へえ、菜々子ちゃん、仕事めっちゃ頑張っているんや。えらいなあ。俺もいい加減、頑張らないとあかんなあ」

ちらりと菜々子の顔を見て、彼は小さく苦笑を浮かべる。

「実は今の仕事している自分に、矛盾っていうか、まあいろいろ感じてはいるんやけど、それなりに上手いことやっている自分もいて……。中途半端だから、全部やめてしまおう、とかまでは行かなくて、結局は、確実に努力の足りない自分がおるんや」

「まあそういう時もありますよね」

「でも頑張らないのを、できない理由にするのは、もっとダサいし。それがいややったら、真面目に頑張る以外の選択肢はないんや。菜々子ちゃんの話聞いてて、そう思ったわ」

仕事のミスを他人のせいにしたり、そのストレスを八つ当たりで菜々子にぶつけてきた元弥と、今の仕事について真剣に考えている目の前の人は全然違うタイプの人間なのだと改めて思う。

軽そうに見えるけれど、真摯な彼の話を聞いていると、自分自身も負けないように頑張りたい、と思う。

「っと。……俺は楽しかったけど、友達との約束、大丈夫？」

デザートを食べ終え、コーヒーを飲みながらの彼の言葉に、菜々子は慌てて時計を確認する。

向こうの集まりより、こちらの方が早く食事を始めたから、合コンの開始時間からちょうど一時間ほどが経っている。まだ途中参加できる時間帯だ。

「あの……実は、この合コンで、子供の父親になる人と出会うはずで……」

すでに最初のきっかけは無くなってしまったけれど、もし今日、元弥と会わなければ、伽耶が生まれることもなくなってしまうかもしれない、と改めて気づく。

「ほんま？　……だったらすぐ行った方がいい」

ふっと視線をそらして彼が呟く。長い睫毛が軽く伏せられる様子に、あの日の夜のことがまた思い出される。きっと元弥と出会ってやり直したとしても、あんな風に大事にされることはないと、確信してしまっているから……。

（それとも、私が今からちゃんと頑張ったら、元弥さんと上手くやっていけるようになるんだろうか……）

初めての恋愛に、妊娠出産と完全に元弥のペースで振り回された。自分自身のしたいことや、希望することなんてろくに主張もできなかったし、そもそも聞いてもくれなかった。でもきちんと元弥と会話ができたら違ったかもしれない。

（それに、元弥さんとの間でないと、伽耶は生まれてこないんだから……）

ゆっくりと顔を上げる。なぜか眉を下げた情けない顔をした蒼真がこちらをずっと見つめているのに気づく。

「ありがとう。それからごめんなさい」

頭を下げると、彼が笑って菜々子の肩を戻すように押した。

「化粧ぐらい直して来たら？　まあ、真の主役は遅れてくるもんやしな」

そう言われて化粧室に向かう。鏡に映る自分はいつもより顔が紅潮していて表情が明るい。きっと蒼真と一緒にいたからだ、と気づいてしまった。それなのに、自分はこれから別の人と結婚して、その人の子供を産むために、化粧を直して出かけていくのだ。

（なんか……気が進まないな）

そう思いながらも、これからのことを考えると、合コンに出る方がいいに決まっている。慌てて化粧を直して、席に戻るとすでに会計は終わっていたようで……。

「あの、お金、半分払います！」

小声で店の外で声を掛けると、蒼真は片目をつぶって、代わりに携帯電話を取り出す。

「もうカードで決済してしもたし。じゃあ、年明けにでも今日の首尾を連絡してや。そん時に食事おごって」

笑顔の奥で、なぜか少しだけ複雑そうな表情でそう言われて、菜々子は不思議に思いながらも、連絡先を交換すると、彼はそっと菜々子の背を押す。

「……上手くいくと、いいな」

そう言われた瞬間に、まるで彼が自分のことをなんとも思ってないのだと知らされたような気がして、胸がぎゅっと苦しくなる。

「はい、頑張ります」

慌てて笑みを浮かべて、彼にお辞儀をして小走りに会場に向かう。携帯で芹香に電話をすると、まだみんなで盛り上がっている最中で、途中参加大歓迎らしい。

やっぱり伽耶に会うために、元弥と出会うことは絶対必要なことで、やり通さなければいけないことだと思えば、嫌なことから逃げ出さなかった自分に少しだけほっとする。

だが、実際に会場にたどり着くと、状況は予想外の方向に進み始めていた。

「元弥くん、あーん」

席を自由に移動した後だったらしい。元弥の隣の席は、芹香の会社の同僚という女性がぴったりとキープしていて、元弥とイチャイチャしていた。

「沙里ちゃんと元弥君、ラブラブだねえ」

それを芹香が冷やかしている。

「えええ、だって元弥くん、かっこいいしぃ」

「沙里ちゃんも可愛いよ〜」

両方とも結構お酒が入っているらしく、完全にカップルとして成立してしまっている雰囲気だ。

（これ……私、まずいかもしれない）

とはいえ、この状況で割り込むことなんて、恋愛弱者な自分には、とてもできない。それにどうしてもそうしたいという気分にもなれないのだ。

（けど、伽耶のことを考えたら、元弥さんと結婚しないといけないのに……）

どうしよう、どうしようと焦っている間に、合コンは終わってしまい、二次会に移動しようとしていたメンバーから、さりげなく元弥と沙里という女性が消えていて……。

「元弥の野郎、早速お持ち帰りしたな。アイツ、意外と手早いんだよなあ……」

あきれ返る男性側の幹事のセリフに、菜々子は自分が合コンに参加していた前回を思い出していた。

（あの時も、先に抜けようってすごい誘われたんだった。でも芹香に悪いからって断っちゃったんだけど……）

きっと沙里という女性は誘いを断らず、二人でどこかに行ってしまったのだろう。その事実に一気に不安が押し寄せてくる。

（過去が……変わり始めている？）

そもそも元弥と最初出会うはずの場面で、蒼真が菜々子を助けたから歯車が狂ってしまったのだろう。

（なんか……これ、まずい気がする……）

そんな不安な気持ちで、菜々子はその場から動けなくなっていた。そして一番人気だった元弥が抜けてしまったことで、気をそがれたメンバーたちは、そのまま解散となってしまったのだった。

第三章　二十六歳・一月

「あの後沙里ちゃんから報告があって、元弥君と付き合うことになったんだって」

衝撃的な話は、年末の帰省で実家にいる時に、電話で芹香から聞かされた。確かにあの日の雰囲気から、そんな予感はしていたのだ。

「そうなんだ。……良かったね」

ドクドクと心臓が嫌な音を立てて鼓動する。芹香の言葉を聞いた瞬間、運命の歯車が完全に狂って来ていることに菜々子は気づいた。

どうしようと思った時に、ふと別れ際の蒼真の複雑そうな表情を思い出していた。そして年が明けたらお礼に御馳走して、この間の合コンの結果を知らせてほしい、と言っていたことも。

「まあ今回、菜々子には良い人いなかったみたいだけど、次また合コン誘うからね～。あ、先に彼氏ができたら教えてよ。そうしたら遠慮する！」

「あのね、芹香自身が彼氏捕まえなよ。人の世話焼いていないでさ」

慌てて返した言葉に、電話の奥で芹香が笑って答える。

「もちろん、私もめちゃくちゃ本気で探しているよ。運命の人、どこかにいないかなって」

『運命の人』というその言葉に、なぜか胸がざわつく。自分に伽耶を授けてくれた元弥だが、彼は本当は自分の運命の人ではなかったのかもしれない。だとしたら他にいるということなんだろうか……。

「……菜々子？」

一瞬蒼真の顔が思い浮かびそうになり、慌てて顔を左右に振った。

「うん、何でもないよ」

そのタイミングで、夕食だと一階から声が掛かる。結婚してしばらく実家に帰っていなかったから、久しぶりの団らんが嬉しい。

「ごめん、親が食事だって。じゃあまたね。良いお年を」

「うんうん、また年明け連絡するわ～」

そう言って電話は切れたのだった。

＊＊＊

そして年が明けてすぐ、蒼真からメッセージが届いた。

『あけましておめでとう。また近いうちに、食事でもいこうや』

そのメッセージに思わず気持ちが浮き立ってしまう。でも一方で芹香のあの電話からずっと、伽耶に会えなくなってしまうかも、という不安があって、そわそわと落ち着かない。誰かに話を聞いてもらいたいけれど、こんな話に付き合ってくれそうな人なんて、今の菜々子には蒼真くらいしか思いつかないのだ。

『あけましておめでとう。今実家にいるんだけど、四日には東京に戻る予定』

すがるような気持ちで、蒼真にメッセージを送ると即座に返信があった。

『こっちはずっと東京。戻ってきたら声かけて』

彼の実家は大阪なんじゃないんだろうか。なぜ帰省しなかったのか、と思いつつも、了解の返事を送ると、後はのんびりと、年末年始に観たロードショーの話が続く。

そんな話をしながら、自分は彼のことを何も知らないのだ、と改めて気づく。今度会った時には蒼真自身の話を聞かせてもらおう、なんて思いつつ、その後も、日に何度もメッセージを通じて会話をしていた。

そして東京に戻った翌日、彼に誘われて食事に行くことになった。

「あけましておめでとう」

「あけましておめでとうございます」

改めて挨拶をして、せっかくだからと二人して、待ち合わせ場所の近くにある有名な神社を参拝する。

「っと……三が日過ぎやのに、えらい混んでるなぁ」

さりげなく菜々子の手を取って、彼は歩き始める。あまり男性に免疫がないから、すぐドキドキしてしまう自分がなんだか情けない。

「ごめん、いややったら、離すけど……」

自然とそうしていたのか、彼が握っていた手を緩めこちらを振り向く。

「……大丈夫。はぐれちゃったら困るから」

小さな声でそう答えると、彼はハッと息を吐き出す。高い身長を少し猫背に丸めて俯き、小さく笑った。

「あかん……可愛いなぁ」

ぼそりと呟いた声が耳元に落ちてきて、ゾクンとドキンの混ざり合った甘くて切ない気持ちがわいてくる。無意識で繋いだ手をぎゅっと握ってしまって、慌てて力を緩めると、逆にくいっと強く手を引き寄せられて、とっさに彼を見上げてしまう。

瞬間、彼が目を見開いて、それから困ったように眉を下げた。柔らかく目元を細めて、くすんと小さく笑う。

「……ほんま、困るわ」

「何が？」

「……なんでもない」

ぎゅっと彼が再び菜々子の手を引いて、ゆっくりと拝殿に向かう。お互いに手を離して、神前で手を合わせた。

（……伽耶にまた会えますように……）

きっと神様の前では、人間は一番の願い事を唱えてしまう。その時菜々子の中に浮かんだ願いは、娘にもう一度会いたい、ということだった。

（そうか、やっぱり私……）

それが一番の願い事なのだ。元弥ともっといい形の夫婦になり、伽耶にとって良い父と母になるために、やり直しをするべきなのだ。そう思いながら、視線を感じて顔を上げると、蒼真がふっと目元を細めた。当然のように手を伸ばして菜々子の手を掬い上げると、手を繋いで歩き始めた。そんな彼の行動にじわりと胸が温かくなる。本当は今、自分は彼とこうしているべきではないのに……。

「……ずいぶん長いこと、祈ってたな」

「うん。……伽耶に会えますようにって」

その言葉に一瞬だけ、彼の手に力がこもる。

「――もちろん……そうやんな」

それが菜々子ちゃんにとって一番大事なことやしな、とぽつりと彼が呟く。

「ここって、毎年お神酒、配っているんだよね」

その時、隣にいたカップルの会話の声が聞こえてくる。ふっと視線を上げた彼がいたずらっぽく笑った。

「菜々子ちゃん。……ご利益ありそうだし、一杯もらいにいこか」

彼の誘いに小さく頷く。きっとご利益がたくさん必要になる一年が始まるに違いないから……。

人が多い境内から少し外れたところのテントで巫女がお神酒を配っている。一口ずつのお酒を飲むと、じわりと体の中から温まるような感覚がある。

「……旨いなあ。けど足りないわ。せっかくやし、これからちょっと飲みに行かへん？」

「今からですか？」

「まだ松の内やし」

くすくすと笑う彼とともに、参道を歩きながら、おみくじを引いたり、縁日を冷やかしたりしつつ、不思議なほど和やかに初詣を楽しむ。

「そういえば、蒼真さん、実家に帰られなかったんですか？」

ふと思い出して菜々子がそう尋ねると、蒼真はあいまいな表情で笑みを返す。

「うーん、俺実質、実家ないようなもんやからなあ……」

その返答にどこまで聞いていいのかわからず、菜々子は首を傾げた。

「……母親はおらんし、そもそも父親とは折り合いが悪いんや」

さらりと言って、それ以上突っ込まないでほしいという顔をしているから、菜々子は彼自身のことを問うことができない

「どっか移動して、食事でもする？」

午前中に参拝を済ませたから、そろそろ昼食時だろう、と彼が誘う。その言葉に菜々子

も頷いて、神社を後にした。

「それで、結局この間の合コンはどうなったん？」

お酒を飲みたいと言っていた彼と一緒に、昼から食事とともに飲み始めてしまってい
た。神社の傍の小料理屋で、向かい合って料理をつまみつつ、日本酒をちびちびと飲む。
それまでは楽しく会話していたのに、その話題になった瞬間、菜々子は自然と口が重く
なってしまった。

「……なんか問題でもあったん？」

「うーん、ちょっと……いろいろと」

事情説明をしようと思った途端、ずっと抑え込んでいた不安な気持ちがこみあげてき
て、言葉より前に目が潤んでした。

「ちょっ……ほんま、何があったん？」

声は柔らかいけれど、一瞬彼が視線を鋭くする。その様子に少しだけ冷静になった菜々
子はこの間の話を改めてし始めた。

「あの合コンで、未来で夫だった人、河野元弥と出会ったんだ、って話はしていましたよ
ね」

その言葉に蒼真は頷く。

「実は、以前の時は、合コンで会う前に、先に元弥さんと遭遇していたんです」

その言葉に彼は日本酒のお猪口を口元に持っていき、一口飲むと、小さく頷く。

「……そうやったんや。どこで会うたん？」

彼の言葉に促され、本当は改札口で男性たちに絡まれた時に、元弥に助けてもらったのが最初の出会いだったのだと告げる。

「ああ、そうか。俺が……」

彼はそれだけで自分が元弥との出会いをさえぎってしまったのだ、と気づいたらしい。

「……ごめんな」

ぽつりと言われ、慌てて顔を左右に振る。

「いえ、いいんです。……それでこの間は、そのまま蒼真さんと食事に行って、合コンに合流した時には、元弥さんはすでに他の女の子といい感じになっていて……」

そして二人は一次会で姿を消して、年末から付き合い始めたらしい、という話をする。

「……そうやったんか……」

彼は少し肩を下げて、小さな声で呟く。

「多分、半年前、私が蒼真さんとあの喫茶店で出会った時から、運命の歯車が狂っていたのだと思うんです。二度目だから……なかなか一度目と同じ行動にならなくて上手くいかないんだと……」

ぎゅっと膝の上のスカートを握りしめる。

「……私がわがままなことを願ったから、この時代に飛んでしまったのに……。それでもどうしても、伽耶に会いたい……」

瞬間、乳児ならではの、あの懐かしい、甘酸っぱい匂いがふわりと鼻先で漂った気がした。まぁま、と呼ぶ声。目があった瞬間、本当に嬉しそうに笑う表情。抱っこされて、菜々子の服をぎゅっと握りしめる、小さくて温かくて、少し湿った手。

言ってはいけない、と思っていた一言を口にしてしまった刹那、お酒で緩んでしまった理性はあっけなく押し流されていく。気づくと、手の甲に温かいものが落ちる。

「……ごめん。俺のせいや」

聞こえないくらい小さな声で、彼が小さく謝る。

ふるふると首を横に振ると、また一つ、もう一つと雫が瞬きとともに手の甲に降ってくる。

「謝るから……泣かんといて……」

そっと不器用な指先が伸びて、眦(まなじり)にたまった雫(しずく)を掬いとる。

「なんで？　なんで蒼真さんが謝るの？　蒼真さんは一つも悪くないのに。私が勝手に巻き込んじゃっただけなのに……」

その言葉に一瞬彼が息を呑む。慌ててハンカチを取り出して自分で目元を押さえると、菜々子は唇に笑みを浮かべて見せた。

「大丈夫です。……きっと、なんとかなると思うから……」

そう言っているくせに、その自信がまるで持てないでいる。

「……ほんまにそう思うてる？」

そんな菜々子の気持ちを揺さぶるような彼の問いに、菜々子はようやく視線を上げた。

「正直、わかりません」

伽耶がこの世に生まれるという菜々子にとって大きな出来事が、こんな小さなボタンの掛け違いで無くなってしまう、なんて到底理解できない。

ただ、自分の性格から言って、恋人同士になったばかりの二人に割り込んで、仲を引き裂くようなことはできない、と思う。

「まあ、元弥さんは女の子が好きで浮気性だから、エッチ目的で近づいていったら、手ぐらいは出してくれるかも？」

苦笑交じりにぼそりと言うと、彼が一瞬眉を跳ね上げる。

「アホなこと、言わんでほしいわ！」

「……ごめんなさい」

思わず頭を下げると、彼が手を伸ばしてそっと頭を撫でる。

「いや、謝るのはやっぱ俺の方や。少なくとも、前回の時はちゃんとその元弥って男と付き合って、きちんと結婚もしたんだったら……。いっそ、もう一度やり直す方が……」

「やり直す、ってどういうことですか？」

菜々子の問いかけに、自分が言い出したくせに、彼は黙り込んでしまった。

「何かいいアイディアがありますか？」

自分自身も、このままじゃやっぱり駄目なんじゃないか、と思っていたのだ。机の上でぎゅっと手を握りしめると、彼が今度はひどく困ったような表情を浮かべる。それを見ると、毎回ひどく胸が疼くのだけれど、今はそんなことにかまっている余裕はなかった。

「前回、菜々子ちゃんが願った結果、時間を飛ぶことが出来たんやろ？　だったら駄目元で一度だけ挑戦してみない？　戻りたいってあの最中に願ったら、時間を戻ることもできるんやない？　そもそも最初の時はそうだったやんか」

「あっ……」

あの時元弥に無理やりされて、時間を戻りたい、と願ったら、四年前までさかのぼってしまったのだった。未来に向かうだけでなく、当然過去に戻ることもできるはずだ。

「一番最初に四年先から時間を逆行したんだから、願ったら今回も時間を逆行できるかもしれへん。それで合コン前に戻ったらやり直しができる。まあ挑戦してダメやったら……」

ぽんっと彼が吹っ切ったように菜々子の頭を軽く叩く。

「そん時は、また考えたらいいし。どうや？」

明るい表情を作って彼が笑うから、菜々子もなんとか笑みを浮かべて返す。

「……そうですよね。一度も二度も……」

変わらないか、と言おうとしてやっぱりそんなこと、とてもじゃないけど言えなくて。きっと二度繰り返したら、正直いろいろと取り返しはつかなくなりそうな気はする。

（多分、気持ちの方が……）

蒼真はいつだって不安な時に優しくしてくれるから、だからそんな風に感じているだけなんだ。悪く考えたら、彼だってエッチできるだけでも儲けもの、とか思っているのかもしれない。きっと元弥ならそんな風に考えたんじゃないかと自分に言い聞かせる。

それでもどこかで、蒼真は違うって信じたい自分もいて……。

（ってごめんね。伽耶。そうだよね。私、伽耶のことを一番に考えないといけないのに）

菜々子は顔をまっすぐ彼に向ける。

「蒼真さん、協力してもらってもいいですか？」

はっきりとそう言い切ると、彼は小さく苦笑して頷く。

「乗りかけた船やから。ちゃんと最後まで付き合う。その代わり、万が一無事過去に飛べたら、今度こそ、俺を無視せんといてな」

＊＊＊

いろいろと話し合った結果、今回は菜々子の部屋に行くことになった。

「夜中に目が覚めたら菜々子ちゃん、ふらふらと外に出ていきそうで、怖い。女の子だから、何かあったらあかんし。だったら俺が菜々子ちゃんの家に泊まって、菜々子ちゃんが寝たら帰ることにする」

そう蒼真が強く主張したからだ。

「てか、ここ、改めて女の子の部屋やなあ。照れるわ……」

などと言いながら、蒼真は部屋のあちこちを珍しそうに見ている。蒼真が、1DKの菜々子の部屋にいて、机の前でお気に入りのクッションと一緒に座り込んでいるという光景がなんだか不思議でたまらない。しかもこれから時間を逆行するために、彼とエッチするのだ。

(正直、何が何だかわからないし、緊張しない方がおかしいよね……)

彼とはそういうことをしたけれど、だからと言って恋人ではない。……それなのに、またしてしまうのだ。

一度は結婚した記憶があっても、夫以外とそんな経験はなかったし、しかも……。

(あんな風に、されちゃうとかっ……)

夫とした時より、蒼真の方がずっと優しかったし、気持ちよくしてもらえた。などと考えて、慌てて心の中で否定する。

これだって、娘に会うための方便の一つに過ぎない、そう自分に必死に言い聞かせていないとおかしくなりそうだ。なのに目の前の蒼真は普段と変わらず飄々(ひょうひょう)としている。

「あ。ハインラインの『夏への扉』や……」

ふと本棚にある本に気づくと、有名なタイムトラベル物のＳＦ小説に手を伸ばす。

「新訳版か……。うちの実家には昔の本があったわ。多分母親の本やと思うけど。……中学生ぐらいの時、夢中になって読んだ」

「ああ、扉の前に、猫がいる表紙のですか？　私もそっちは実家にあります。私は自分で買ったんですよ。あ、未来で映画化されて、新訳の文庫が出て、それも買ったなあ……」

思わず彼の近くによって、彼の持っている本を覗き込む。

「なんとなく好きなんです。この話……」

次の瞬間、なぜか蒼真に抱き寄せられていた。つむじの辺りに唇が落ちてくる。

「蒼真さん？」

「菜々子ちゃんは隙が多いし、可愛いし。趣味はいいしで、ほんま、最高や」

そのまま抱き寄せられて、唇を寄せられる。まるで恋人同士のじゃれあいみたいだ。ドキドキして顔が上げられない。視線を避けるようにさらに顔を俯かせると、顎を持ち上げられて、じっと覗き込まれた。かすかに茶がかった彼の瞳が、この間のような熱を発している。

「ほんまは、もう一度、こうできたらええな、って思ってた」

普段の笑顔とは違う、真剣な表情に、かすかに掠（かす）れた声。

再び唇を寄せられて、キスをする。高鳴る鼓動はもうすでに、感情を伴い始めている。

「嫌やったら、言って」

「……いや、じゃない、です」

それでも絶対に好きになってはいけない人なのだ。

「ほんま?」

そっと頬を撫でられて、彼の愛おしげな視線が降ってくる。

「……嫌やって言われたら、やめることもできるのに。菜々子ちゃんはほんま困った子やな」

何度も唇を重ねられて、何枚も重ねて着ていた冬の服を脱がされるころには、何のためにこうしているのか、自分でもわからなくなっていた。

＊＊＊

「……今日は何日?」

目が覚めて、携帯電話を確認する。

時間を飛ぶ経験ももう三回目だ。

「——十二月、二十四日。よしっ」

もし過去に戻れたのであれば……。慌ててメッセージを確認すると、期待通りのものが芹香から届いている。

『先に改札で待ち合わせてから、合コンメンバーとの待ち合わせ場所に行くことにしよか。じゃあ、五時四十五分に改札で待っているね。そうしたらまた後で!』

そのメッセージに思わず深く息を吐き出す。どうやら無事、時間を超えて合コン前に戻れたらしい。はっと気づいて携帯のアドレス帳を確認すると、蒼真の電話番号は書かれていない。

（せっかく連絡先交換したのに、登録されてなきゃ連絡なんてできないじゃない）

あんな約束をしたのに、彼に連絡がとれないのか。寂しい気持ちになるけれど、一方でどこか安心している自分がいる。きっとこれ以上は……。

慌てて首を振って、パシンと自分の頬を叩く。

「……さて。無事戻れたことだし、元弥さんを捕獲しにいかないとね」

そして予定通り、改札口で芹香と待ち合わせをしていると、ナンパをしてくる二人組に出くわす。

「……その子、俺の連れなんだけど」

その二人との間を割ってきたのは、予定通り元弥だ。運命の歯車が戻ったと、思わずほっとしてしまう。

「声掛けたのはこっちが先だぜ」

「横から来て邪魔するのはどうかなあ……」

そして酔っぱらっている二人の男は、自分たちが二人であるから多少の無理ができると思っているらしい。

「彼女、嫌がっているだろう？」

それでも必死に食い下がる元弥。そうそう、すごく頑張ってくれて嬉しかったのを覚えている。

「あれ、元弥君？」

そこに来たのは芹香だ。

「どうしたの、って菜々子……」

「いや、彼女、しつこいナンパに絡まれててさ」

「お、元弥。早いな……」

そこに幹事の男性が合流すると、こちら側の人数はすでに四人になっている。人数的に不利なことに気づいたのか、男たちはそっと菜々子から手を離す。

「じゃあ、彼女。またね～」

それだけ言うと、その場を立ち去っていく。それを呆然と見送っていると、ふとこちらを見ていた元弥と目が合って、思わずお互いに笑い合うのだ。

（けど……未来であんなことがあったし、あんまり元弥さんの顔、見たくないな……）

まだ起きてないことだから、目の前の元弥に責任があるわけではないのだけれど、と思いながら、ふっとそらした視線の先に、見慣れた人のシルエットを見つけて目を凝らす。

瞬間、視線が交わったのは……。

（――まさか、蒼真、さん？）

菜々子だと気づいたのだろうか。それとも……。

（でも、前回のナンパから私を助けてくれた記憶は、今の彼にはないはず、だよね……）

彼は肩を竦めて視線をそらす。瞬間、なぜだか泣きたいような気分が襲ってきて……。

「ああ、この子。天羽菜々子。今日の合コン参加者よ」

「俺は河野元弥。よろしく」

芹香の紹介に、はっと目の前に意識を戻す。自然と伸ばされてきた元弥の手を握り、握手をする。そんな様子を見て、ほっとしたように芹香が声を上げた。

「そろそろ待ち合わせ時間だね。移動しようか！」

今日はクリスマスイブだから、特別メニューなんだよね、なんて芹香と幹事の男性が楽しそうに会話するのを横で聞きながら、歩き始める。幹事二人が会話をしているから、菜々子と元弥が並んで歩くことになった。

「菜々子ちゃん、大丈夫だった？　……ちょっとしつこそうなナンパ野郎だったよね」

「ありがとうございます。声を掛けてくださって助かりました」

さわやかな笑顔を向ける元弥に、この微笑みにドキドキしていたことを思い出す。けれど、あれだけえげつない浮気をされた後だと、単に女好きで脂下（やにさ）がっているようにしか見えなくなっていて……。

（まずいな、私これからこの人に恋をして、子供を授からないといけないのに……）

冷静に考えている自分が恋愛感情からほど遠いところにいる自覚があるから、困惑してしまう。俯いた菜々子を見て、彼は何を思ったのか、小さく笑顔を浮かべた。

「菜々子ちゃん可愛いから、ああいう風な奴に声掛けられやすいのかも。おとなしそうな印象だし」

「そんなこと……ないですよ」

「いや、あのナンパ男たち、目が肥えているなってひそかに思ってたんだよね」

「そう……なんですか。私はちょっと良くわからなくて……」

今考えてみると、この気さくさも、さわやかそうに見える笑顔も、全部元弥のテクニックだったのかもしれない。

男性に慣れていなくて、菜々子が勝手にイメージしていた理想の男性像に恋をした。元弥がモテる人だと知っていたから、愛想をつかされないように、彼に好かれるように必死だった。元弥自身も自分はモテるのだ、とアピールしていた。それは彼自身の価値を上げ、菜々子との関係で優位に立つためだったのかもしれない。

結婚してからは、仕事を辞めさせられて家に縛り付けられて、妊娠出産育児という女性として一番精神的に弱る時期に、友人や家族との付き合いを極力制限された。彼が故意にしていたのかはわからないけれど、気づけば彼の思い通りになるように菜々子は彼に支配されていたのだ。

（少なくとも、今の私なら、仕事はやめないし、彼の言いなりになる必要はないって思っている。でも、元弥さんに好かれたいと思って、ちゃんと自己主張しなかった以前の私も悪かったんだと思うから）

今度こそ、やり直して伽耶の良い父親と母親になるのだ。そう固く決意して、生真面目に合コンに参加している自分がちょっとだけおかしい。

そして待ち合わせ場所でメンバーと合流すると、店に向かう。クリスマスイブのパーティを兼ねているから、少し豪華なダイニングバーだ。一緒に歩いてきた順に席につく。当然菜々子の横には元弥が腰を下ろしていた。

「じゃあ、かんぱーい」

グラスを合わせて、クリスマスイブに彼氏彼女がいないメンバーでの合コンが始まる。

（そういえば、芹香はイブに合コンだったら、絶対に彼女いるのに嘘ついてくる奴とかいないと思うんだよねって言ってたなあ）

ふと斜め前を見ると、前回の時、元弥と二人で消えてしまった沙里が、隣にいる男性幹事と話をしながら、ちらちらとこちらに視線を向けていることに気づいた。

（あ……元弥さんを見ているんだ）

どうやら彼女は元弥がかなり気になっているらしい。前回の記憶で彼女と元弥が上手くいっていたのは、彼女が積極的だったからなのかもしれない。

（やっぱり……最初の出会いがなければ、私と元弥さんは付き合うことにはならなかったんだな）

若干彼女への申し訳なさを感じつつも、蒼真が時間を逆行することを提案してくれてよかったと、菜々子は心底思っていた。

「……菜々子ちゃん、どうしたの？」

考え事にふけっていた菜々子を見ると、元弥はにっこりと人好きのする笑みを浮かべる。

「いえ、合コンとか初めてで。慣れてなくて……」

思わず目を伏せてそう呟くと、元弥はさらに笑みを深めた。

「そうなんだ。なんかわかる気がする。菜々子ちゃんってすれてない感じがいいよね。あまり遊んできてなさそうというか……」

くすくすと笑って、彼は乾杯の時に頼んだビールをグイッと飲み干す。つい習慣で元弥の望んでいる時に、ビールのお代わりをついでいた。タイミングの良さに彼が嬉しそうに目を細める。

「……ところで菜々子ちゃんは休みの日とか、どうしているの？」

その話題でふと、蒼真と映画の話をしたことを思い出す。

「そうですね。映画とか観るのが好きで」

「ああ、ＤＶＤとか？」

「いえ、映画館で観る方が好きです。もちろん、家でＤＶＤも観ますけど」

そう答えると、彼が少し思案するような顔をする。

「そうなんだ。じゃあさ、今度一緒に映画を見に行こうよ」

映画の話をしても、何が好きなのかとは彼は聞いてこない。自分より菜々子が得意な分野では、絶対にこちらに話を振ってこないのだ。最初にデートで映画を観た時も、彼が勝手に映画を決めて、菜々子の意思を確認してくれなかった。

「……河野さんは、何か好みの映画ってありますか？」

前回聞いていない質問をあえてしてみた。

「うーん、特にこれっていうのは……」

「じゃあ私が推薦してもいいですか？」

「もちろん！　って菜々子ちゃん、映画のことになると積極的なんだね」

前回は彼の言う通りに行動したけれど、言いなりになるだけでない姿も彼に理解してもらおう。そう考えて、菜々子は笑みを浮かべる。

「はい、だって映画観に行くなら、興味のあるものが観たいですから」

アイドルが出ている恋愛映画、みたいなのはあんまり興味がないのだ。前回元弥との初デートの時には、話題になっているというだけで、アイドルグループが全員出ているＰＶのような恋愛映画を観る羽目になったことを思い出す。

「へぇ。じゃあ楽しみにしているよ」

「はい、楽しみにしててください」

そんな感じで無事一次会が終わり、二次会に行かずにここから抜け出そうよ、と誘う元弥を躱して、みんなで二次会に行く。カラオケでは歌の上手い元弥が、女子が喜びそうなラブソングを歌って周りを盛り上げる。さらに沙里が元弥に甘ったるいラブソングをリクエストしている。

そんな状況にちょっとだけ辟易(へきえき)しながら、菜々子は携帯が鳴ったのに気づいて、カラオケルームから外に出た。確認すると、アドレス帳に登録のない電話番号からメッセージが送られてきていた。

そこには一言。

『菜々子ちゃん、また年明けに今回の首尾について聞かせて』

その言葉に、菜々子は目を見張る。

「……蒼真さん？」

思わずそう名前を呟いて、なんでこの世界にいる蒼真が、菜々子の電話番号を知っているのか、という疑問が頭の中で渦巻く。

『蒼真さん……なんで私の連絡先、知っているんですか？』

慌ててメッセージを送ったものの、彼から返信はなかった。

(ちょっと待って。この時点ではお互いの連絡先、知らなかったはずだよね)

前回は喫茶店で出会ってから、偶然、クリスマスイブの合コンの前に彼と出会って、食事をともにして連絡先を交換した。そして年明けに一緒に初詣に行き、合コンで元弥と仲良くなるはずが失敗したことを話して、もう一度過去に戻った。

今回は半年前、初めて喫茶店で蒼真と出会った後、この時点までずっと彼に会ってないことになる。つまり連絡先もお互い知らない。現に今の菜々子の携帯には蒼真の連絡先は残ってなかったのだから。

蒼真からのメールのせいで、帰りがけはもうほとんど元弥のことに意識が行かず、適当な対応をしてしまった気がする。それでも元弥の強い押しに負けたような形で、電話番号の交換はして帰ったのだった。

その後も蒼真からの連絡は無く、もやもやとした気持ちで年末年始を過ごす。そして連絡がほしい蒼真ではなく、元弥からいつ映画を観に行くか、ひっきりなしに誘いのメッセージが入ってくる。

それを適当に躱しながら、菜々子は東京に戻ってきてすぐに蒼真にもう一度連絡を取った。

そしてようやく返ってきたメッセージで、前回の繰り返しのように、一緒に初詣に行くことになった。

第四章　二十六歳・一月（二度目）

「――お久しぶりやね」

最寄りの駅で待ち合わせをした蒼真は、この間の初詣の時と同じ、ラフなコートにジーンズ姿でやってきた。シンプルで飾り気はないけれど、スタイルが良い蒼真にはよく似合っている。

「あの……蒼真さんは、私と会うのは二度目？」

思わず気になって尋ねると、彼は肩を竦めて笑う。

「……みたい、やな。俺もよくわからへんけど。少なくとも俺の記憶で答えるなら、そう」

曖昧な答えに、菜々子が戸惑っていると、それを笑みで流して、神社に初詣に行こうと誘う。そっと伸ばされた手はさりげなく菜々子の手を包む。手を繋ぐと、蒼真はゆっくりと境内に向かって歩き始めた。

「……」

じわりと頬の熱が上がってしまう。外の寒さに反してこみあげる熱は、余計に菜々子にその感覚を意識させた。彼は記憶がないかもしれないけれど、菜々子は前回の初詣後の、二人で過ごした記憶があるのだ。

「あの……本当に前回のことは、覚えていないんですよね？」

尋ねると彼は薄く笑う。

「前回の記憶って、俺が菜々子ちゃんと元の世界の旦那さんと出会うのを邪魔して、でもって、年明けに過去に戻るために菜々子ちゃんともう一度エッチしたっていうこと？」

内容が内容だからか、彼が耳元に唇を寄せて、小さな声で囁く。わざと低めた声が艶っぽくて、内容も相まって平常心ではいられない気がした。

「……覚えて、いるんですか？」

聞き返すと彼は小さく笑って顔を横に振る。

「残念ながら記憶はない。ただ、俺がずっと持っているメモ紙が一つあって。そこにある日、今言った内容が書かれていた。菜々子ちゃんの連絡先付きでね。……箇条書き程度のメモやったけど、そこにあったのは俺自身の字だから、それが本当かどうか確かめる意味もあった」

彼はそう言うと、はぁっと白い息を吐いた。

「最初は正直、酔っぱらった自分が書いた妄想かな、って思わへんでもなかったけど、クリスマスイブの日に、メモされていた時間に、あの駅の改札に行ったら、菜々子ちゃんがいた。声を掛けるの厳禁、って書かれていたから、様子だけを見て……。そのあと、菜々子ちゃんにメッセージ送ったら、即返信があったやろ？　ってことは、多分、これは一度目の俺からの、今回の俺へのメッセージなんやないかな、って」

　ただ自分でもどう受け止めていいのかわからなかったから、年明けまで返事しなかった、と彼は呟く。

「……まあ、最初から不思議なことばかりで。……初めて菜々子ちゃんに会った日も、終わった後は、ろくに反応せんと、ふらっと帰ってしもたし。街で見かけて声を掛けたら無視されたし」

　不思議なメモの事は気になったけれど、これだけ迷惑を掛けたのに、完全に無視する状態になってしまったことを先に謝らなければ、と菜々子は慌てて頭を下げた。

「ごめんなさい。それは多分、蒼真さんの記憶のない私、だったんだと思う」

「俺の記憶がない菜々子ちゃん、ってどういう意味や？」

　前回のような会話を繰り返しながら、人の多い境内を進み、二人で手を合わせて、菜々子にとっては二度目の、彼にとっては初めての二人での参拝を済ませる。

「……ちょっと頭、混乱してきたわ。もう一度説明聞かせてほしいんやけど」

「その前に、お神酒、いただいていきません？」

　そう言って指さした先では、前回と同じように、奥まった場所で巫女が酒を配っている。

「……もしかして、前回も飲んだ？」

　彼の言葉に小さく頷く。縁起担ぎかもしれないけれど、少しでも運気を上げておきたい。そう思った菜々子の顔を見て、蒼真はふっと柔らかい笑みを浮かべる。

「ご利益、ありそうやもんなあ。特に菜々子ちゃんはご利益ほしいやろし」

　一つ頷くと、彼は再び菜々子と手を繋いで、移動を始めた。


「……そんなわけで、前回の時は蒼真さんに協力してもらって、過去に戻ったんです。それで、今回の状況になりました」

「なるほど。それでその菜々子ちゃんの未来の夫だとかいう男とは、一応縁が繋げたってことやんな？」

　二人でお神酒を飲んだ後、今回ももう少し飲みたくなった、と言う蒼真と一緒に前回と同じ店に入った。そこで前回の蒼真とのエピソードも含めてさらに詳しく説明する。

「はい、一応……」

　元弥からデートに誘われているけれど、あまりその気にはなれない。とまではさすがに協力してもらった手前言えない。

「複雑で、混乱する話やけど。まあ……それで菜々子ちゃんはソイツと結婚すべく、これから頑張るってことでいいんやろ？」

　前回と同じようにお猪口で日本酒を飲みながら、彼は確認するように菜々子の顔を見つめる。まっすぐな視線がなぜか胸に痛くて、そっと視線をそらして呟く。

「正直元弥さんがどうのっていうよりは、娘に会いたいだけなんです。でも彼と結婚しなければ、娘は生まれてくることができないし……」

「……なるほど、俺のライバルはそっちなわけやね」
ぼそり、と呟いた彼の言葉は彼の持った日本酒の中に溶け込んでしまって、菜々子には
ほとんど届かない。
「……え？　なんですか」
とっさに聞き返した菜々子に向かって彼は小さく苦笑を浮かべる。
「いや、俺としてはあの喫茶店で菜々子ちゃんと出会って、エッチまでしてもうたのに、
その後、ろくに話もせずに姿を消してしまったから……気になって、ずいぶん探したんや
で、ってこと」
苦笑を浮かべたまま、ふわりと手が伸びてきて、この間のお正月より少しだけぎこちな
い手がそっと菜々子の髪を撫でる。
「……ほんま、俺に前回の……記憶がないのが惜しいなあ……」
優しくて、どこか切なげな声音だから、ついそのままその手を受け入れたくなってしま
う。でも、これ以上近づくと、彼に気持ちを持っていかれてしまいそうだから、と前回も
思っていたことを思い出し、身を引くようにする。
「っていきなり警戒せんといて。……落ち込むわ〜」
蒼真は冗談めかした言い方をすると、柔らかく菜々子の髪を撫でていた指先で、髪を
荒っぽくくしゅっとかき混ぜて、その指先の動き一つで甘い雰囲気を消す。そのままその
手で自らの頬を軽く叩いた。あっけにとられた菜々子の顔を見て、彼は明るい顔をして

笑った。

「せや、年末年始に封切になった映画、どれかもう観た奴ある？」

次の瞬間、最初に出会った時のような、ざっくばらんで軽妙な空気をまとわせて、彼は陽気に会話を広げ始める。

「あ、実は観たい映画がいくつかあって……」

その空気に合わせて映画の話をし始めると、ずっと東京にいたらしい彼は、自分の観た映画の話を始めた。菜々子は彼と会話をしながら、年明けに元弥と一緒に何の映画に行くか、いろいろと思案していたのだった。

無意識で、蒼真が観た映画をそのリストに入れていたのは、蒼真と同じ映画が観たいと思っていたからなのかもしれない。最後までお互いに、映画を一緒に観に行こう、と誘うことはなかった。前回とは違う早い時間に店を出て、彼が菜々子の部屋に来ることもなく、何かあったらメッセージがほしいとだけ言われ、そのまま別れたのだった。

＊＊＊

その後、元弥と一緒に映画を観に行った。映画の後の楽しみは、お茶や食事を一緒に取りながら、あのシーンがどうの、と映画の感想をあれこれ話をすることだと菜々子は思っていたのだけれど。

「ねえ、次はどこに行く？　今度は遊園地とかどう？」

女の子に人気のあるテーマパークの名前を出されて、菜々子は正直戸惑う。

「……映画、面白くなかったですか？」

「うーん、正直よくわからなかったんだよね。こうなんていうの？　時系列とか行ったり来たりしてたし。洋画って文化とかもピンとこないっていうか」

菜々子自身はとても面白い映画だったと思っていたので、あっさりとそう言われると、がっかりしてしまった。なんだか映画の余韻を消されてしまう気がして、菜々子もそれ以上その話をする気がなくなる。

（もしこれ、蒼真さんと一緒に観に行ったのなら……）

などとそんなことを考えてしまう自分が嫌だ。だからあえて楽しそうに笑顔を浮かべて、元弥の会話に乗ることにした。

「冬の遊園地って、寒いですけど、雰囲気があっていいですよね」

そう返すと、元弥は嬉しそうににっこりと笑う。以前そうだったように、元弥の邪気のない笑顔は魅力的だと思う。だから彼に笑ってほしくて、菜々子はいろいろ頑張ったのだと思い出していた。

（だけど結婚してからは、笑ってくれなくなったんだよね……）

一度「最近、あまり笑わないね」と尋ねた時には、菜々子自身のせいだ、と言われてとてもショックを受けた記憶がある。それを聞いて、彼は家庭を作るより、まだ、家庭という責任を背負いたくないというか、単純にもっと遊んでいたかったのかもしれないと感じたのだけれど……。

（伽耶に会いたい……それは私の一番の願いだし、以前と同じように行動した結果、伽耶が生まれる未来に繋がるなら、私は悪いことはしてないはずなのに。……でも元弥さんにとってはあれが不幸の始まりだったのかな……）

時折、こうやってあの未来に向かって、ずれが生じないように生活していくことが正しいのか、と不安がこみあげてくる。

それは未来を知っていて行動をしているという、なんというか、ズルをしているような感覚があるからかもしれない。

「ねえ、今日はこれからどうする？　とりあえず飲みに行って、うちに遊びに来ない？」

そのセリフは以前も言われた気がする。あの時は真っ赤になって断ったのだけれど。

「ごめんなさい。明日仕事だし、食事だけしたら帰ろうかなって思って。元弥さんも明日仕事ですよね？」

そのセリフに彼は苦笑いをしつつ、頷く。

「菜々子ちゃん、真面目だね。でもそんなところも素敵だと思うよ」

歯の浮くような褒め言葉は、出会ったころから、初めてエッチをするくらいまでは彼の口からよく出ていたのだ。そして菜々子はそれを、元弥は気遣いのできる優しい人だからだ、と思い込んでいた。

「……ありがとうございます」

だから本当は彼に好かれるように、愛想よく答えないといけないのに、つい淡々とお礼を言ってしまった。それでも、やっぱり伽耶と会えない未来は望んでいないから。

「夕食、どこに行きましょうか？」

気合を入れ直し、にっこりと微笑んで菜々子が尋ねると、元弥は決め打ちのように、女子に人気らしいイタリアンのお店の名前を出し、そこに行こうと誘う。

（今日はあんまりイタリアンって気分じゃないけど。でもすごーく何かが食べたいってわけでもないし……）

そう思いながらも、菜々子はできる限り嬉しそうな顔で彼の提案に頷いたのだった。

＊＊＊

『元弥君とは上手くいっている？』

仕事上がり、携帯を確認すると、芹香からのメッセージが届いている。地下鉄の電車の中は帰宅時間だけあって混み合っていた。菜々子は吊革に摑まってバランスを取りながら、片手で返信を送る。

『うん、ぼちぼちかな。この間映画を一緒に観てきたよ』

自分でも愛想ないと思うけれど、あまり嘘みたいなメッセージも書けなくて、無難な内容だけを返すと、すぐさま返信があった。

『そうか、まだ付き合い始めてはいないの？』

『お友達、って感じかな。今のところは』

『わりとあっさりだなあ。元弥君ってかっこよくない？　あ。実は誰か、他に気になる人とか、いたりするとか？』

　突然の芹香のメッセージに、菜々子は元弥以外の男性を思い浮かべてしまって、一瞬返信を打つ手が止まる。

「……せっかくだし、いるって打っておいたらいいんちゃう？」

　ふっと耳元で声がして、はっと視線を上げた。途端に車内が揺れて、驚きと揺れに、転びそうになった菜々子を横に立っていた男が支えた。

「そ、蒼真さん？」

　顔を見上げてびっくりしてのけぞってしまった。そこにはいたずらっぽい顔をして菜々子と視線を合わせた蒼真がいた。

「ど、ど、どうして？」

　予想外すぎる展開に、思わず声が裏返ってしまった。そんな菜々子の様子に蒼真は楽しそうに破顔する。

「そんなに驚かなくても……。ああ、うちの事務所が移転したんやけど、菜々子ちゃんと同じ路線になってんな。声掛けようかと思って近づいたら、めっちゃ難しい顔をしてメッセージ送っているから、何やろうって……。ってこれ、プライバシーの侵害か。ごめんな」

彼は肩を竦めて笑い、スーツの内ポケットから名刺を一枚差し出す。見ると新しい事務所は菜々子の会社と同じ地下鉄の沿線上にあることに気づく。

「仕事先、この路線に引っ越ししたんですね」

「そうそう、年末にね。菜々子ちゃんの家もこっち方面？」

そうか、こっちの彼は、菜々子の家を知らないのだ。それと同時に、彼の家がどこにあったか思い出す。途中の私鉄に乗り換える駅も一緒だと気づいた。

「はい。だったら乗り換え駅も一緒になりますね」

そう答えて、地下鉄が乗り入れているターミナル駅の名前を言うと、彼は、ああ。と声を上げた。

「せっかくだから飯でも一緒に食って帰らへん？」

気軽に声を掛けられて、一瞬思案する。今日は何も冷蔵庫に残ってないから、近くのスーパーで買い物をして自宅で作るつもりだったのだけれど……。

「いいですよ。私も、今日夕食の準備をしてなくて……」

そう答えると、彼はにこりと目元を細めて笑う。

「やったら何が食べたい？」

彼は指折り数えるようにして、いろいろなメニューを口にする。

「まずは和食やろ、イタリアンに、中華に、フレンチ？　エスニック系っちゅー手もあるな……。いや、長居するならいっそ居酒屋？」

　どうやら彼はお酒を飲むのが好きらしい。

　二人であれがいいか、これがいいかと話しているうちに、結局彼がお勧めの料理の美味しい居酒屋に行くことになった。


「ってことで、感動の再会にカンパーイ」

　かちりと、グラスを合わせる。彼が連れてきたのは、個室スペースのあるおしゃれな居酒屋だ。値段も手ごろだし、食事も期待できるらしい。

「いや、じっくり話すには、居心地がええかなって。菜々子ちゃん、謎が多いし。俺、菜々子ちゃんの謎を解明したいねん」

　くすくすと笑いながら、彼はメニューを菜々子に向けてくれる。

「えっとじゃあ……この『美味しいサラダ』っていうのと……」

「……ここの店、相変わらずメニュー名が適当やなあ……『美味しいサラダ』ってもうちょっと頭使たらいいのに……」

　突っ込みが入る会話に思わず笑ってしまいながら、いくつかメニューを頼むと、蒼真と話したかった元弥と観に行った映画の話をする。

「へぇ、あの映画観たんや」

「はい……あの。……例の人と」

そう言った瞬間、かすかに彼の片方の眉が吊り上がる。

「……ああ、デートしてきたんや。どやった？」

声が一瞬尖(とが)り、何か気に食わないことでもあったのだろうか、と思った次の瞬間、蒼真の表情が感情をごまかすように柔和なものになる。そのことにほっとして菜々子はつい本音を漏らしてしまった。

「映画は面白かったですよ」

「映画は、かい。ほんならデートの方はどないやったん？」

そちらの方が気になるのか、尋ねながら彼は梅酒のサワーを飲む。どうやらお酒も甘いものが好きみたいだ。

「うーん、映画って一緒に観に行く人、選びますよね」

思わず唸りながら告げると、彼は眠そうな目を少しだけ見開いた。

「まあ……そう、なんかなぁ。確かに温度差っちゅーか、下手な奴と行くより、一人で行った方がマシな時もある……かな」

何か心当たりがあるのか、彼も苦笑しつつ頷く。

「面白い映画だったんですけど、あの手の映画って終わった後に、あれこれ考察したくなるじゃないですか。あの時主人公がこう動いていたら、お話はどうなったんだろう、とか……」

「うんうん。わかる。けど、えっと河野さんだっけ、その彼は……？」

「はい。あの映画、そこまで複雑な話じゃなかったと思うんですけど、よくわからないって……そう言われて。ほとんど映画の話はしなかったです」

あきらめ混じりに、はぁっと思わずため息が零れてしまう。それをごまかすように菜々子も目の前の自分のお酒をグイッと飲む。こちらもカシスサワーだから、蒼真と同じように甘いお酒だ。

「まあ……………」

継ぐ言葉に困ったらしい。彼は苦笑いを浮かべたまま、つまみに手を伸ばす。

「デートはともかく。菜々子ちゃん的にはあの映画どうやった？」

「観た後、ろくに映画の話もできなかったんで、家でいろいろ考えちゃって……」

元弥との間でできなかった映画の考察をアレコレ話し始めると、蒼真は頷きながら聞いてくれたり、時にはそれに反論したりもする。

「あそこはヒーローが絶対行かなあかんところやろ」

「ええ、でもそれだったら、ラストの前に、ヒロインがヒーローに会いに行く意味がなくなっちゃいません？」

「せやけど、その手前で、ヒーローが会いに行こうとするから、観てる方は気持ちがぐっと引っ張られるんやと思わへん？　あれはやっぱり映画の演出として絶対必要なシーンやと思うわ……」

「まあ確かにそれはそうですけど。あ、そうか。だからあのシーンでハンカチ落とした意味が出てくるのか。なるほど、伏線回収……」

「せやろ？　あのシーンは絶対に必要やと俺は思うわ」

熱く語り始める蒼真に思わず笑みが浮かんでしまう。

（あぁ映画の後、こんな風に話せたら、絶対楽しいデートになったのに……）

ついにはメモ用紙まで引っ張り出して、時系列でストーリーの流れを説明し始めた蒼真が面白すぎて、幸せな気持ちがますます引き上げられていく。

「……ってちょっと菜々子ちゃん。引いたりしてへんよな？」

ニコニコ笑って話をずっと聞いていたら、ふと心配になったようで、蒼真がメモ用紙から視線だけ上に向けて、菜々子の顔を見上げる。上目遣いのそんな表情がなんだかすごく可愛らしく思えてしまう。

「引いてないですよ。今、私めちゃくちゃ楽しい」

思わず満面の笑みで答えると、彼もほっとしたように表情を緩めた。

「これ、学生時代にやって、ドン引きされたのを思い出したわ……」

ペンを指先で回しながら、彼は照れたように苦笑する。くしゃりとペンを持ってない方の手で髪をかき上げる。近くで見ると蒼真の茶がかっている瞳とばっちり視線が合ってしまった。瞬間、見開いた彼の目が綺麗で、ドキッとして、慌てて視線をそらす。

「全然……ドン引きなんてしないですよ。……それどころか、こんなデートとかだったら、きっとすごく楽しい」

照れているのをごまかすように頬をそっと触って熱を確認する。本当に楽しくて幸せで……なんだか頬が熱い。

「デート……か。せやな。せやったら、いいんやけど」

ふっと彼がどこか切なげな吐息を漏らす。思わず視線を彼に向けると、なぜか悲しそうな笑みを浮かべているから、胸がぎゅっと締め付けられた。

「……んでアイツと………うんやろうな……」

「何ですか？」

彼の言葉が聞き取れなくて、聞き返した瞬間、店のスタッフが新しい料理を運んで来た。それをきっかけに彼は表情を変えて、ニヤリと笑う。

「せや、今度映画、俺と観にいかへん？　その彼とは、映画以外の何か楽しいデートしたらええんちゃう？」

彼の言葉にとっさに口ごもってしまう。そんなことをしたら、まるで元弥と蒼真を両天秤に掛けているみたいだ。

「菜々子ちゃん、真面目やなあ。……別に今の段階で、菜々子ちゃんは結婚しているわけでもないし、他の男と映画を観るくらい浮気でもなんでもないやろ？」

つんと人差し指の腹で、鼻の先をつつかれて、思わず目を見張る。

「単なる映画友達や。……趣味は合う人間同士で楽しむ方が、絶対いいと俺は思うんやけどな」

くすくすと笑って梅酒サワーを飲み切ると、メニューを取り、蒼真は新しいお酒を選んでいる。

「次も甘いお酒にするんですか？　好きなんですね」

突っ込みを入れると、彼はむっと鼻に皺を寄せる。

「悪食(あくじき)って言いたいん？　まあ確かに、甘党で、酒も好きやけど？」

文句あるのか、とちょっと挑戦的な顔をするから、つい笑ってしまった。

「……私も一緒です。お酒も甘いものも大好き」

その言葉にふわっと蒼真は気の抜けた笑みを浮かべる。

「やったら、次、どれ飲みたい？」

二人で額を突き合わせるようにして、メニューを見比べる。

「俺、ジンジャエール好きなんよね。モスコミュールかなあ……」

「私もジンジャエール好きです」

「せやったら、菜々子ちゃんはシャンディガフか……」

「どう違うんですか？」

「使(つ)こてる酒の種類が違うやろ」

「……私に勧めた方が弱い？」

その言葉に蒼真は冗談めかして答える。

「ウォッカとビールやから。……それに俺の前で不用意に酔っぱらったら、菜々子ちゃん、ソッコーでお持ち帰りされて、不埒なことされてまうで？」

ふっと細めた瞳が、急に艶っぽさを増すから、心臓の鼓動が跳ね上がる。

「って冗談や。そんな焦ったような顔、せぇへんといて」

「………そういえば、この店、居酒屋さんなのに、カクテル系豊富ですよね」

ドキッとしてしまったのをごまかすように、慌てて話題を変えて、彼に言われた通り、シャンディガフを選ぶ。

「……やっぱり俺の前では、酔っぱらってくれへんの？」

「そうしないようにって言ったの、蒼真さんじゃないですか」

口をとがらせて文句を言うと、彼は声を上げて笑う。

「はぁ、ほんま菜々子ちゃんは可愛いな。……確かにそう言った。けど、もう遅いかもしれへん」

「え？」

はっと視線を上げた瞬間に、キスが出来そうなほど間近で視線が重なる。

「……あかん。ほんま俺……」

瞬間、彼は上を向いて額を押さえる。

「冷静になろ……。ちょっとトイレ行ってくるわ」

はぁっと吐息を一つつくと、そう言って席を立つ。その背中を見送りながら、菜々子はドキドキと激しく高鳴る鼓動をそっと指先で感じ取る。

――今のうちに、私も冷静にならないと……。

(好きになったら、絶対にダメだから……)

必死にそう言い聞かせていなければ、気持ちが保てなさそうだった。

＊＊＊

それからは出社時間が近いのか、電車の中で蒼真と会うことが増えた。でも、挨拶する程度であまり親しくしないように心がけていた。

近づきすぎたら、きっと彼に気持ちを持っていかれてしまうし、元弥と結婚することを目標としているのなら、お互いそうしない方がいいのだ、と改めて思うようになったからだ。

『二月十四日って金曜日だよね。食事でも行かない？』

元弥からのメッセージを見て、菜々子は小さくため息をつく。前回の記憶通りなら、バレンタインデーは元弥とデートをして、チョコレートを渡すはずなのだ。そしてお返しにホワイトデーにプレゼントをもらい、なんとなく付き合っているような雰囲気になった記憶がある。

(やっぱり……ちゃんとチョコを渡さないと、だよね)

元弥の性格なのか、それともその方が彼にとって都合がよかったのか、結局結婚するまで、きちんと付き合うという話は出なかった。それが当時の菜々子の悩みでもあったけれど、今はその方が、自分にも都合がいいと思っている自分もいる。

（でも未来での私と元弥さんとの関係が歪んでしまったのは、私が弱気すぎて、求めるべきことをはっきりと求めていなかったからなんだよね。だから、元弥さんも私のことをないがしろにしても問題ないって判断したんじゃないかな。だったら伽耶のためにも、言うべきことを主張して、対等に話ができる夫婦になった方がいいんだ）

そう考えると、少しだけ気持ちが楽になる。自分の思いより、もっと大事なのは伽耶のことだ。元弥との間ではいろいろあったけれど、伽耶を産むことを望んだのは自分だ。だからこそ、その責任として、娘の幸せな生活を何よりも優先するべきだ。

元弥と夫婦になって、良い両親になろう。そう決意をすると気持ちが定まった分、前向きになれそうな気がする。

現金な自分に苦笑を漏らして、菜々子は了承のメッセージを送信する。

（そうだ、芹香にも……）

ちょうど来週、芹香と会う約束をしていたのだった。せっかくならチョコレートとプレゼントを買うのに付き合ってもらおう。

そして一週間後、菜々子は芹香と一緒にデパ地下に居た。

「バレンタインデーのチョコかあ。やっぱり元弥君にあげるんだ」

その言葉に小さく頷く。

「うん。十四日に会おうって誘われたから」

そう言いながら、キラキラしたショーケースの中に並ぶチョコレートを見る。どれも綺麗で美味しそうだ。すぐ近くで女子高生が二人、きゃあきゃあと歓声を上げながら、チョコレートを選んでいた。

「ねえねえ、しおり、どれにするの？」

「えええええ、どうしようかな。高橋君って甘いの好きって言ってたよね……」

「ここのチョコだと、本気が伝わる感じがするよっ」

「だよね、だよね。やっぱりここのがいいよねっ」

どうやらしおりという女の子が、少し背伸びをして、高級なトリュフチョコの詰め合わせを買おうかどうか迷っているようだ。限定商品のパッケージは金色の箱にバラの模様がデザインされていて、美味しいと評判のチョコを華やかに彩っている。

「菜々子だって、元弥君のためにチョコを買いに来たんでしょう？」

「うーん、確かにそうだけど……」

そう答えながらも、まったく悩むことなく、前回元弥のために買ったのと同じチョコレートを選んでいた。

「……あ、あと。こっちのも……」

だからつい女の子たちが買うか迷っていたトリュフチョコと同じものを、無意識で頼んでいた自分にびっくりしてしまう。

「え、それも買うの？」

「う、うん。綺麗で可愛いから、ご褒美チョコにしようかなって思って」

ふと脳裏に浮かんだ、甘いもの好きな男性の姿を慌てて消して、自分へのご褒美チョコだと言い訳する。確かに高校生が買うには、ためらう値段だけれど、仕事をしている自分にとってはそこまで贅沢なものではない。

「いいねえ。ご褒美チョコか。普段はなかなかこんないいチョコレート、自分用に買えないもんね」

菜々子の主張が気に入ったのか、芹香もチョコを選び始める。

「ねえ芹香は今、好きな人はいないの？」

そう尋ねると、彼女はどのチョコを詰め合わせるのか悩みながらも、小さく頷いた。

「いないねえ。この歳になると、高校生のころみたいに、全力で恋愛に力注げないでしょ？　そんな風な相手が出来たら最高だけどねえ」

「全力で好きな人？」

「そうそう。『あぁ、この人じゃなきゃだめだ』っていう相手……。好きでたまらないとか、何があってもその人と一緒に居たいって思えるような相手。きっと若いうちなら思い込みで行けるけど、この年齢になると考えすぎて慎重になってしまうよね」

そう言いながら、チョコをお互い選び終えると、綺麗にラッピングされた袋を持って、二人で歩き始める。

「芹香は、そういう相手に会いたくて、合コン企画とかしてるの？」

尋ねると、彼女は小さく首を傾げる。

「うーん、どうなんだろう。でも彼氏なしっていうのも寂しいじゃない？　それに結婚を考えるなら、ある程度付き合ってからって思うし、今のうちから動いておかないと、いろいろと間に合わなくなりそう」

「そっか。でもわかる気がする。昔みたいに勢いで行けないっていうのも、その分時間がかかるから、今のうちから動いておかないとっていう気持ちも……」

「さっきの高校生みたいなさ、若いころの純粋な気持ちがなんだかもう、眩しい感じだよね」

「ちょっと、年寄り臭いこと言わないでよ」

わざと笑って言うと、芹香は「いや私たち、まだ若いから！」と笑って言い返す。

目的の買い物を終えて、菜々子と芹香は夕食を食べに、デパートを出たのだった。

第五章　二十六歳・春の始まり

　そして無事、バレンタインデーを迎え、前回と同じように、菜々子は元弥とデートをする。

「うわあ、昼間と全然違う……」

　映画という選択肢をお互い選ばなかったせいで、今回のデートは元弥のおすすめの場所になった。彼と来ているのは、最近話題のナイトアクアリウムだ。水族館の館内はライトアップされていて、幻想的な風景が広がっている。

「そうだね。なんだかドキドキしない？」

　元弥は耳元で囁いて、そっと菜々子の手を握る。ドキンと心臓が跳ね上がるのは前回と一緒だ。

「……顔、赤いよ」

　からかうように言われて、思わず視線を落としてしまう。

「ごめん。菜々子ちゃんが可愛いから、つい意地悪しちゃった。ねぇ機嫌直して。ほら、あれ……」

元弥が指をさすのは、ジェリーフィッシュのエリアだ。

様々な光が乱舞する中、円柱形の水槽の中をふわふわと漂うクラゲの姿に目を奪われる。

「……綺麗……」

手を繋ぎ、二人で非現実的な光景に息を呑む。菜々子は目の前の景色に思わず声を上げていた。

「……すごいね」

元弥が同意を伝えるように菜々子の手をぎゅっと強く握りしめる。

「これ、一つ一つが生きているんだよな……」

彼の言葉に菜々子は言葉もなく頷いた。

たくさんの命が円柱の中でうごめいている。どこか妖艶で美しくて、ぞわりと背筋が寒くなるような感じがする。それなのに目が離せない。

「こんなにいっぱいライトを当てられて、高揚したりしないのかな。ほら、クラブとかで踊っている人みたいに」

菜々子がクラゲの妖しい美しさに見惚れていたのに、隣にいる人の感性は自分とは全然違うらしい。彼のセリフに思わず笑って尋ね返す。

「……クラゲがハイテンションで踊っている感じ？」

「そうそう、なんかこの光で、みんなハイになっちゃってそうじゃない？」

確かに言われてみれば、この華やかさは、水族館というよりはダンスホールみたいだ。

「ふふっ。元弥さんって面白いですね」

「そう？　でも菜々子ちゃんに笑ってもらえるなら嬉しいな」

ゆるりと手を繋いだまま、次のコーナーに向かう。バレンタインデーだからなのか、この時間だからなのか、周りはカップルだらけで、そんな中に自分がいるのがなんだか不思議な気がする。

（それに、元弥さんもすごく優しい……）

最初はこんな風だったのだ。ただ菜々子が初めての本気の恋に必死すぎて、自分を押し殺しても、元弥の気に入るようにふるまいすぎていたのが、良くなかったのだろう。いつしかこの笑顔があまり見られなくなって、どんどん彼は横柄な態度を取るようになるのだ。

「あ、ここ。水族館にバーが併設されているんですね」

「うん、おしゃれだねえ。少し飲んでいく？」

その声に頷くと二人でバーの入り口に入っていく。

海の底のような青を基調にしたライトで照らされた店内は、夜にも関わらず混み合っている。セルフサービスだったので、カウンターで飲み物を頼み、そのまま空いている席に腰かけた。

「あ、そうだ……」

せっかく買ってきたのだ。チョコレートを渡さなければ、と思ってカバンを膝にのせて、持っていた紙袋を彼の前に出す。来た時から手にしていたから、プレゼントされるとわかっていただろうに、彼は目を見開いて驚いたふりをする。

「バレンタインデーですし。チョコ、どうぞ」

「いいの？　ありがとう！」

有名チョコレート専門店のチョコは元弥も知っているブランドだったらしく、今回も機嫌よく受け取ってくれた。

「菜々子ちゃんからのチョコだと思うと、もったいなくて食べられなくなりそう」

笑顔を見せながら、大事そうにラッピングに包まれたチョコの入れ物を撫でている。

「そんな……食べてほしくて買ったんです。だからちゃんと食べてくださいね」

にっこりと笑って答えると、彼は照れたように微笑む。そんな表情を見て、菜々子は昔好きだった元弥への気持ちを思い出す。

(元弥さんがこのままでいられるように、私が頑張ったらいいんだ)

そして伽耶とまた出会って、今度こそ、三人で仲の良い幸せな家族を目指そう。

「せっかくだから、一緒に食べようか……」

丁寧にラッピングを取る。意外と几帳面なところがあるのだな、と以前思った通りに、丁寧に包み紙をはがすと、彼はそれをきちんと折りたたんだ。

「……綺麗で食べるのがもったいないね」

にこり、と笑ってケースを開ける。並んだチョコを見て、一つつまむ。

「……美味しい。菜々子ちゃんも一つ食べてみて？」

大ぶりなトリュフは一気に食べきれなさそうで、勧められて手に取って半分かじると、その手を彼の手が捉える。

「え？」

思わず菜々子が固まってしまったのを気にせず、彼がチョコレートを持った彼女の手を包んで、そのまま自分の口元に運ぶ。

「……菜々子ちゃんの食べている奴、旨そう。半分頂戴」

「え、でも……」

同じチョコがまだ箱の中にあるのに、と思ったけれど、次の瞬間、指先ごとパクリ、と食べられてしまう。

「あっ……あの、元弥さん、指までっ」

「ん？」

艶っぽく目を細めて、彼が菜々子の手を捉えたまま、指先にキスをする。気障だな、と思うけれど、とっさに心臓が跳ね上がるのは抑えられない。

「だって、美味しそうだったから……」

そのまま指を絡めて、指先にもう一度キスをする。

「あのっ……」

焦って彼の手から逃れて、膝に戻す。キスをされた手を反対の手で隠すようにした。頬にかぁっと熱が上がり、体温が上昇する。

「……菜々子ちゃん、初心だね。可愛い」

空いている手が伸びてきて、菜々子の髪を一筋掬う。くるりと指先で絡めて、ツンと引っ張られる。

「元弥さんは、女性に慣れている感じがします」

思わず文句を言うと、彼は頬杖をついたまま、菜々子の長い髪を口元に寄せてキスをする。

「……そう？　そんなことないよ」

言っていることと、やっていることが全然そぐわない。冷静に心の中でツッコミを入れる一方で、勝手に熱がこみあげてしまう。

「女の子に慣れていたら、このまま菜々子ちゃんをお持ち帰りする算段つけていると思うけど、今のところ俺はノープランだからね」

もちろん、その気になってくれたらすぐにでも、という空気を出しつつ、彼は笑う。

ちょっと悪そうな雰囲気に、以前の菜々子はあっという間に恋に落ちていったのだ。

（ドキドキは、するよ。やっぱり……）

あの時は怖くて逃げたけど、今は目的がはっきりわかっているから笑顔で返せる。

「私は慣れてないので、ゆっくりでお願いします」

それでも顔は真っ赤だろうし、頬に熱も感じるけれど、彼との関係が進むのは、今年の十二月。伽耶を授かる時まで待たないといけないだろう。きっと一度先にそういう関係ができれば、そのタイミングがずれてしまうかもしれないから。

「……わかったよ。なかなか菜々子ちゃんは手ごわいね」

苦笑を漏らして、元弥は改めて青色のカクテルに口をつける。こうやって徐々に仲良くなっていければいい。そうしたらきっと伽耶と会える未来に繋がるはずだから。

菜々子はそう信じて、元弥に笑みを返したのだった。

こんな感じで、菜々子は元弥と何度かデートを重ねていた。ホワイトデーは一晩一緒に過ごそうと、はっきりと元弥から誘いがあったけれど、前回と同じように具体的に付き合おうという言葉もなくて、菜々子は断ってしまった。

それでも元弥は優しかったし、明確な告白の言葉がなくても、来年のバレンタインデーのころには、妊娠が発覚して、結婚する方向に話が進むはずなのだ。

（それで来年の九月になれば伽耶が生まれてくる……）

あの小さかった伽耶の、生まれたての姿が見られるのだ。あの出産の痛みを味わうのは恐怖でしかないけれど、伽耶をもう一度この手に抱けるのなら、それすらも楽しみで仕方ない。

（その前に、責任を取る取らないで、いろいろ揉めるのも正直しんどいけれど……）

それでも菜々子の父親に結婚の挨拶をしにきてくれて、身内だけだったけれど、安定期に入ってから結婚式もした。

エッチさえすれば、時間を飛んで先に進めるのかもしれないけれど、元弥と先にそういう関係になってしまうわけにいかないし、当然蒼真を頼るわけにもいかない。

(元弥さんを最後選ぶことが決まっているんだもの。蒼真さんとはもう会っちゃだめだと思う)

本当は蒼真に惹かれつつある自分の気持ちを分かっている。だから必要以上に親しくしないように心がけていた。そんな菜々子の気持ちに気づいているのか、彼も彼女にメッセージを送ってくることはない。

(正直、寂しくないって言ったら嘘になるけど……)

そこはけじめをつけないといけないところなのだろうと思う。

そして元弥に対しては、未来の姿を知ってしまっているから、あまり幻想を抱けない。正直、浮気相手の名前を呼びながら、無理やりエッチするような未来の元弥は死ぬほど嫌いだ。

今の元弥はそこまでではないけれど、好きか、と聞かれると微妙に答えに迷う。好きになりたい、ならなければ、とは思っているのだけれど。

でも本当に好きになれるのは、あの未来までたどり着いて、彼がちゃんと伽耶の父親にふさわしい人間となっているかどうか、浮気で菜々子を悲しませない夫になっているかどうか、確認しなければ無理だろう。もちろん未来の彼のようにさせないためにも、菜々子自身も努力をするつもりだ。

ふと、ホワイトデーのデートでの、元弥との会話を思い出す。

「私、結婚前提でないと、そういうことはしたくないんです」

ホワイトデー当日に彼の家に招かれて朝まで一緒に、と誘われた時、そうはっきり告げた。それに対して彼は一瞬目を眇（すが）める。それは不機嫌になった時の彼の癖だ。

前の時は笑ってごまかした。ダメと言って、嫌われることが怖かったし、そもそもきちんと付き合ってもいないのに、ベッドをともにするなんてこと、そのころの菜々子にはまったく理解できなかったから。

（でも今は、彼に好かれたいからって、いい加減なことはしたくない）

そしてこの時点で菜々子と結婚する気が皆無であろう元弥は、菜々子のセリフにとりあえずは納得したらしい。それ以降しつこくそういうことを誘ってくることはなくなった。

（あとは私ができるだけ前回と行動を変えずに、同じ未来にたどり着くようにするだけ）

そう思っていた菜々子だったのだが……。

＊＊＊

元弥の誕生日は四月の終わりだ。新年度に入り仕事でばたばたしていた菜々子は、前回の時と同様に、なんとか彼の誕生日に残業をしないで済む段取りをつけていた。

そんなわけでデートの待ち合わせに向かおうとしていた菜々子は、突然届いたメッセージに足を止めてしまった。

『ごめん。突然残業になっちゃって……。今日はちょっと待ち合わせに間に合わなそうだし、待たせるのも悪いからまた今度に！』

それは元弥からのメッセージだ。

（まあ……残業じゃ仕方ないよね。でも近くまで来たし……）

前回もプレゼントを渡してデートした程度のことで、特段何かがあったわけでもない。だが残業でデートが流れるなんて展開はなかった。流れが違ってきているのが妙に気になる。

ふと菜々子は持っていた袋に目を落とす。誕生日祝いを用意していたのだ。ちょうど元弥の勤めている会社のある駅に乗っていた電車が止まり、菜々子は不安な気持ちを振り払うように、とっさに電車を降りていた。

（せっかくだし、元弥さんが一瞬だけでも仕事を抜けられるようなら、プレゼントだけでも渡してこようかな……）

元弥の会社の駅のホームでベンチに座り思案する。そういえば、昔もこんな風にして元弥の仕事上がりを待っていたことがあったな、なんて思い出し、あのころの一生懸命な自分を懐かしく思う。

（初めて本当に好きになったから、私、すごい必死だったんだよね）

プレゼントを抱えているうちに、なんだか前の元弥に対して健気だった自分を思い出していた。これから彼と仲良く暮らしていけるように頑張ろう。結婚するまでは見せてくれていた優しい笑顔を心に思い浮かべて、近くまで来ているから、プレゼントだけ受け取って、とメールを送った直後。

「元弥さん、今日お誕生日だし、デートだったんじゃないの？」

弾むような女の子の声が聞こえて、はっと後ろを振り向く。すると菜々子の腰掛けているベンチの背中側から二メートルも離れていない場所に、一組のカップルがこちらに背を向けて立っているのが見えた。

「いや、ぜんぜん」

その声を聞いた瞬間。すぅっと血の気が引くような気がした。聞き覚えのあるその声は――。

（元弥……さん、とあの子は……）

元弥の方を向いている横顔は、最初に出会った合コンにいた、沙里という女の子ではないだろうか。

「でも、沙里、元弥さんから連絡もらえて嬉しかった～」

「いやだって、バレンタインのチョコももらってたし、ずっと気になってたから。てか沙里ちゃんも、よく俺の誕生日なんて覚えていてくれたね。沙里ちゃんからお祝いしたいです、ってメールもらえてテンションあがったよ」

楽しそうに言葉を返しているのが、後ろ姿でもよくわかった。

「しかも沙里ちゃんみたいに可愛い子から、あんな誘い文句まで書かれていたら、男だったら何があっても時間作ると思うよ」

「えええええ。ソレ目的？　元弥さん、真面目そうに見えて、すっごいエッチぃ」

腕を絡めたまま、もう一方の手でぺちぺちと元弥の肩を叩くと、そのまま甘えるようにして沙里が元弥の肩に顔を擦り寄せる。

「だって、『プレゼントは私でもいいですか？』なんて言われたら、超絶興奮する。めちゃくちゃ期待する。エロくて可愛い子、俺、最高に好きだもん」

「えええええ、そんな意味じゃないのに～」

「え、それ以外の意味なんてあるの？」

「もうっ。元弥さんの意地悪っ」

風の方向もあるのだろう。こちらに筒抜けで聞こえる会話に、菜々子は完全に呆然としていた。じきに彼らの立つ側に電車が入ってくる。二人はイチャイチャとしながら、その電車に乗り込んでいった。

（これって……どういうこと？）

ベンチで座ったまま、菜々子は混乱した頭の中を整理する。

もともと自分と約束していた元弥が、残業が入ったと嘘をついてまで、別の女の子とのデートを優先した、ということなのだろうか。

「ソレ目的って……」

なんとなく話の筋が想像ついてしまった。多分この間『結婚するまでエッチなことはしたくない』と菜々子が答えたせいで、元弥はそれまでキープしていた沙里に連絡を取ったのだろう。

そして自分との約束より、ノリノリでエッチしてくれそうな積極的な女の子とのデートを優先したのだ。

（わざわざ、残業なんて嘘をついて、ドタキャンしてまで……）

頑張って元弥と良い家庭を築こう、と思っていた分、彼の裏切りを目の当たりにすると何も考えられなくなってしまう。

（やっぱり元弥さんは変わらないってことなんだろうか……）

思わず深々とため息をついて、ゆっくりと立ち上がる。四月末だからそこまで寒いわけではないのに、ベンチに座っている間に冷えてしまったみたいで、ふるりと寒気がこみあげてきた。

「風邪、ひいちゃう……」

昔の自分の気持ちに引っ張られているのか、ひどく落ち込んでしまっていた。空しくて悲しくて、呆然としたままホームに立っていると、携帯が震えた。

『ごめん、ちょっと会議が入っていて、席外せないんだ。今日の埋め合わせは近々するから！』

入ってきたのは、元弥からの白々しいメッセージだ。

「――へぇ、あれが会議なんだ」

女の子とイチャイチャしながら、エッチ目的で電車に乗って移動していったくせに。

「ほんと、サイテー」

とっさに声が漏れてしまって、慌てて口をふさぐ。ふと視線をおろせば、荷物と一緒に持ってきた彼への誕生日プレゼントがある。思わず線路に投げ捨てたくなるけれど、さすがにそれは周りの人に迷惑だと考え直した。空しい気持ちがこみあげてきて、ふと、こちらの世界に飛ぶ前に見た、夫の浮気相手からのメールを思い出す。そしてそれに対して彼がどういう態度を取ったかも……。

(もう……どうしていいのか、わからない……)

駅のホームで立ちすくんでいると、自宅の方に向かう電車が入ってくる。

あの電車に乗らなくちゃ、と視線を向けるものの、体が動かない。扉が開き、帰宅の途につく人たちが下りてきた。

流れていく人波を呆然と見送っていると、ふと目の前でスーツ姿の身長の高い男性が立ち止まる。

「……やっぱり菜々子ちゃんや、こんなところでどないしたん?」

そしてそんな時に限って、出会ってしまうのだ。

「――って泣いてる?」

慌てて菜々子をホームの端に連れて行くと、ぎゅっと菜々子を抱き寄せる。周りの人の目から顔を隠してもらえることにほっとしてしまった。

「えええええ、ほんま、どないしたん？」

ふんわりと柔らかい大阪弁が胸の奥に響いている。

「蒼真さん、私、もう無理かもしれない……」

これ以上近づいたらダメなのに。

こんなところで優しく背中を撫でられて、つい嗚咽が漏れてしまった。

「まあ少しぐらい力を抜いたら？　菜々子ちゃんは、いつでも頑張っておるって……」

とんとんと子供を慰めるように背中をさすられる。耳元で聞こえる声音は穏やかでいつも変わらない。

「困ったことがあるんやったら、何でも聞くし、俺にしてあげられることなら何でもするし」

優しい言葉に甘えて、胸に縋り付いて泣いていると、しばらくしてホームは人の気配が減って、少しだけ静かになる。

「……なんで蒼真さんがここにいるの？」

ふとそんな疑問がわいてきたのは、泣いて泣いて、だいぶ落ち着いたからかもしれない。ここは彼の使う沿線でもないし、偶然通りかかったのだろうか。

「顧客のところに書類を届けに行った帰りなんやけど、慣れてない路線だから、窓から駅しもた……」

の名前、確認していて。そしたら菜々子ちゃんによく似た女の子がいたから、つい降りて
だから偶然や、と彼は呟く。

「けど、こんな状態の菜々子ちゃんを放ってはおかれへんし、気づいてよかったわ」

そう言って、どうする？　と彼は尋ねながら、さりげなく菜々子が持っている男性ブランドの袋にちらりと視線を向けた。

「……泣いたらお腹が空きました」

わざと甘えるように声を出すと、彼はその言葉に乗ってくれるように笑顔を見せてくれた。

「しゃあないな。薄給やけど、おごったる」

絶対菜々子ちゃんの方が稼いでいる気がするわ、とかぶつぶつ文句を言いながら、新たにホームに入ってきた電車に二人して乗る。ふと元弥と同じようなことを自分もしているのかもしれない、と考えかけて、慌ててそれを否定した。


蒼真と一緒に食事というと、たどり着くのはやはり居酒屋だ。

なんで駅のホームで泣いていたか、については尋ねてこなかった蒼真だが、甘いカクテルを頼んで、二人でガンガンと飲んでいるうちにお互い酔いが回ってくる。その勢いで、ようやく何があったのか蒼真に話すことができた。

「ってソイツ、ほんま最低な男やな！」

事情を説明すると、蒼真はそう吐き捨てる。

「エロボケ、ヘンタイ。見境なし。つける薬なしや‼」

よっぽど腹に据えかねているのか、立て続けに蒼真の口から罵倒の言葉が出てくる。

「まあ、私がすぐエッチしないのがいけないんでしょ、きっと」

酔っぱらっているから普段だったら言えないようなセリフがポンポンと口から出てくる。

「いや菜々子ちゃんは一つも悪くないわ。単純にその男が最低やろ。結局ヤレたら、相手は誰でもいいって考えてるとしか思われへん」

「それは間違いない。私が保証します！」

小さめのグラスに入った、アルコール度数の高めのカクテルを、グイッと飲み干す。甘くて苦くて、ふわふわする。

「元弥のバカは、救いようのない浮気性ってことで！」

「なあ、菜々子ちゃん。それでもソイツと結婚するん？」

ぐしゃりと髪を掻き上げて、こちらに向ける瞳はどこか狂おしげな色合いを秘めている。

「菜々子ちゃん。悪いこと言わへんから、その男、やめや」

蒼真もお酒をあおってため息をつく。

「浮気と暴力と借金する男は、一生の病やで。仕事柄よう話聞くけど、何度言ってもやめられない奴ばっかや」

蒼真は弁護士ではないけれど、法律事務所に勤めている。彼の言っている話は間違いないし、たとえ菜々子が今回のことを元弥に追及したとしても、きっと浮気をやめられないと思う。いや、そもそもきちんと付き合っているわけではないから、聞いてすらもらえないかもしれない。

「よほどの決意をして、それこそカウンセリングとか治療でもしない限り、一生繰り返す。何度でも。……菜々子ちゃんもそれ、内心わかっておるんやろ？」

確かに結婚して、子供が小さい時にもそうしていたのだから、蒼真の言うことは正しいのだろう。

「……でも」

それでも元弥との間にでなければ、伽耶は生まれない。

「ああもうっ！　これだけ言うても、菜々子ちゃんは言うこと聞かへんのが一瞬でわかるし、どうして言うこと聞かへんのかの理由もわかるから、ほんま嫌やっ」

ぶつぶつ文句を言いながらも、蒼真はぐしゃぐしゃと自分の髪を掻き回してちらりと菜々子の方を見つめる。

「なあ。悪いこと言わへん。もういっそ、俺が処女もらった責任取って、一生大事にしたるから、俺にしとき」

冗談めかして蒼真は言う。けれど、瞳に真剣さを感じるから、その分、菜々子はほんの少しだけ冷静な気持ちになってしまう。

「別にそのことは、自分の意思で選んだことで、蒼真さんに責任取ってもらうようなこともないです」

そもそも蒼真と付き合ったら、伽耶は生まれることができなくなってしまう。今だって蒼真に気持ちを持っていかれないように、できる限り感情を抑え込んでいるのだ。だからそんな魅力的な申し出はしないでほしい。そう言葉にしない代わりに、淡々と言い返すと、彼は一瞬言葉を失った。

「……けど、菜々子ちゃんがあの男と結婚することに固執しているのは、伽耶ちゃんに会いたいだけで、別にあの男が好きで好きで、ってわけでもないんやろ」

じっと見つめられて、逆に言葉が返せなくなる。さっきの元弥を見てから、未来での彼の行動を思い出して、好きどころか、どうしようもなく嫌いになってしまいそうだ。そのためらいにつけこむように、彼の指がそっと菜々子の頬を撫でる。

「……そんなことないですよ。今だって浮気されて、これだけ落ち込んでいるし」

「素直に認めたらええやん。――どっちかっていうと、あの男よりは、俺の方が好きやろ？」

「――っ」

じっと見つめられて、視線がそらせない。違う、と言わなければいけないのに、唇は言葉を紡いでくれない。首を横に振ることすらできない。

「……俺は菜々子ちゃんのことが好きや」

蒼真は射貫くような視線を菜々子に向けて、まっすぐな言葉を告げる。ゾクンと背筋に甘い感覚が走っていく。それを受け入れてはいけないと思いながらも、心の底からじわじわと歓びの感情がこみあげてしまう。

「だから、俺にしといたら。俺は浮気とか大嫌いやし、そういうことする男は最低やって思ってる。好きな子に、そんな顔させたくない。浮気なんて一生しないって誓える。菜々子ちゃんは話していて楽しいし、心地いいし、ずっと一緒に居たいって、そう思っておるから……」

そのセリフの途中で菜々子は耳をふさいで聞こえないようにする。聞いてしまったら、もう元には戻れなくなってしまいそうな気がするから。

「もうやめてください。だったら……蒼真さん、責任、取ってくれるんですよね」

自分でも何を言いたいのかわからない。ただお酒に酔って感情的になって、涙がぼろぼろと零れ落ちる。

「……責任？　俺が取れるもんやったらなんぼでも取ってやる」

多分お互いに感情が高ぶっているのだろう。喧嘩(けんか)を買うように、彼は鋭い瞳で菜々子を睨み返す。言われるまでもなく、彼と同じことを菜々子も思っている。

一緒にいたら楽しいし、心地いい。蒼真は菜々子を傷つけることもないし、いつも優しく包んでくれる。彼と出会ってしまったから、元弥に恋愛感情はもう抱けなくなってしまったのだ、とその瞬間確信してしまった。

ほろほろと零れ落ちる涙は、後戻りできない自分の気持ちに対してだ。でも、そう菜々子に仕向けたのは蒼真自身。

（わかってる。蒼真さんが悪いわけじゃなくて、私が時を逆行してしまったことがすべての原因だから……）

ゆっくりと顔を上げて彼を見た。これを最後にするから、許してほしいと、神様に向かって懺悔する。

（私が、この世界の菜々子の中にいたら、絶対に伽耶にたどり着けなくなっちゃう）

ちゃんと元弥を好きになって、次のクリスマスイブの夜には彼と初めての夜を過ごして、伽耶を授からないといけないのに。あんな風に蒼真に好意を伝えられたら、どんどん彼のことが好きになって、気持ちが溢れてしまう。

（だからもう、今の私の意識は、もともとの菜々子の体にいたらダメ……）

何度かタイムリープしてきて確信した。

未来から四年前に戻ってきた菜々子自身の意識は、その時間軸にいる菜々子の体に、可能な限り記憶の中で違和感が残らないように入り込んでいる。そして自分の意思でこの体から、今のこの自分の記憶を消すことなんてできない。けれど……。

「蒼真さんがあんなことを言うから、もう私も感情を抑え込めなくなってしまったじゃないですか」

視線を鋭くして、彼を睨み付ける。何を不条理なことを言っているのだろう、と自分自身に思う。

出会ってから蒼真と会ったのは数回。それなのに心の奥底に、彼が抜きがたいほど深く入り込んでしまった。けれど今の自分が、この前のように時間を飛んでしまえば、今日の記憶をこの体から消すことができるかもしれない。少なくとも浮気の現場を否定できないほどあからさまに見せつけられた、という記憶は……。

「蒼真さんがあんなこと言うから。この体を『元弥さんを好きだった菜々子』に返さないと、何もかも上手くいかなくなっちゃったんです。だから……」

彼の顔を見つめて、菜々子は小さく息をついてから、言わなければいけない言葉を口にする。

「もう蒼真さんを巻き込むのは最後にしますから、もう一度だけ……私を抱いてくれますか？」

第六章　二十六歳・春

「最後って……どういう意味や」

　痛みをこらえるような顔をして、蒼真は菜々子に尋ねてくる。菜々子は無理に笑みを作って答えた。

「こんなの、この時のこの世界にいる私への裏切りだし、本当の私は蒼真さんじゃなくて、元弥さんを好きになって、伽耶を授かって、結婚しないといけないんです。でも、今の私にはそれができないから、だから、私が先の世界に飛んで、今の菜々子からいなくなれば、きっとまだ修正ができると思うんです」

　タイムリープしてしまった日の記憶は、本来の菜々子には残らない。だから元弥との出会いから昨日までのことは本来の菜々子の記憶には残るだろうけれど、今日蒼真とエッチをして時を飛んだら、今日の分の記憶だけはなくなる可能性が高い。そう説明すると彼はクッと一瞬歯を食いしばるような表情を見せた。

「……そうすれば、今日その男がした裏切りの記憶も、俺とエッチしたことについての記憶も、全部本来の菜々子ちゃんには残らへんってそう言いたいん？」

こくり、と頷く。

「その男に対してはお互いさまって言えなくもないけど、菜々子ちゃん自身、自分をだますことになったとしても、まったく罪悪感はないんや」

普段の彼らしからぬ、怒りの感情がこめられた言葉に、菜々子は小さく首肯した。

「元弥さんに関しても、自分に対しても罪悪感がまったくない、なんてことはないけど……でも優先しないといけないのは、伽耶のことだから……。だって誰よりも一番罪がないのは、伽耶でしょう?」

菜々子の言葉に、彼は両手で頭を抱えて、はぁっと深いため息を吐き出す。

「母親って、こんな不条理で、わけのわからない存在なんか?」

ぐしゃりと髪を掻き上げて、こちらを上目遣いに見上げる。

「さあ……でも私にとって、伽耶は何よりも大事にしたい存在なんです。ちゃんと大人になるまで見守ってあげたい……。私は伽耶のところに帰りたいの」

「だから、俺を利用して、少し先の世界に行って、本来の菜々子ちゃんがあの浮気男と上手くいくようにしたいってことやんな」

貫くような視線がこちらに向けられる。真剣に怒りを感じているであろうその目に、恐怖よりなぜか安心感が湧いてくるのが不思議だ。

「……そうです」

こんな風に巻き込まれた蒼真が、自分を嫌うならかえって都合がいい。好きになってしまった自分の気持ちは変えられないけど、彼から嫌われたらいっそあきらめがつく。

「わかった。最低な男を自分自身にあてがって、娘さえ守れたら自分はどうなってもいいんやな。……俺が菜々子ちゃんに惚れたのがあかんのやったら、俺が責任取る……。けどどうなってもしらへんからな」

「どうなってもって？」

「さあ、嫌って言われても、さんざんベッドの上で、菜々子ちゃんを弄んで好きにするかもしれへんし、やりたい放題されても文句はないんやな」

それだけ言うと、彼は会計を席で済ませて、菜々子の手を掴む。荒っぽく手を引くと、そのまま店を出た。通りに出ると、走っているタクシーを捕まえる。

「どこでもええから、一番近いホテル」

彼の行先を告げる言葉に、とっさに顔を伏せてしまう。タクシーの運転手はさすがプロだ。平然とそのオーダーに答える。

「近いところですか？　でしたら、ここから一番近いのは……」

タクシーの運転手曰く、ここから一番近いホテルは、かなりグレードの高いホテルらしい。

「そこでええよ」

逡巡せず、即座に答える彼の顔を思わず見返してしまった。居酒屋でおごることすらもったいぶっていたのに、大丈夫なのかと思ってしまったのが伝わったらしい。

「あほ。こっちは怒っているんや。そんな時ぐらい、かっこつけさせてや」

ぼそりと怒り混じりに呟く言葉はどこかユーモラスで。気分を害していても彼らしい言い方に、ふっと力が抜けた。


案内された部屋はハイエンドホテルらしいシンプルだが美しい内装に整えられている。仕事柄、普段なら、あちこち壁紙とか絨毯(じゅうたん)とかを触って確認したくなるところだけど。

(蒼真さん、やっぱり怒っている、よね……)

室内に流れる空気はそんな感じではない。蒼真は普段饒舌(じょうぜつ)な彼らしくなく、黙ったままダブルサイズのツインベッドの片側に、コートとジャケットを脱ぎ捨てると、もう一方のベッドの前にいた菜々子の肩に手を掛ける。

「菜々子ちゃん、これを最後にするって言ったやんな」

確認するように尋ねられた言葉に頷くと、彼は菜々子の頬を撫で、そのまま唇を重ねた。まるで奪うようなキスは一気に激しいものとなり、舌を口内でかき回され、雫を注ぎ込まれる。腰がしなるほど強く抱かれ、逃れることができない。

「んっ……はっ」

何度も注ぎ込まれるそれを飲み干し、息が乱れるほど繰り返されるキスに膝の力が抜ける。それに気づいたのか唇を離した彼が、目を細めて菜々子の頬をもう一度撫でた。

「どうする?　このましてもええし……それとも先に風呂に入りたい?」

その言葉に、思わず頷いてしまう。最後に蒼真とするのなら少しでも綺麗な状態で触れてもらいたい。そんな菜々子の様子を確認すると、彼は視線でバスルームを指し示す。

「ありがとう」

一言声を掛けると、先ほどのキスで力が抜けた体を必死に立て直し、バスルームに向かう。広くて大きなバスタブはいいとしても、ガラス張りの浴室はどんな様子でシャワーを浴びているか部屋にいる彼に見えてしまう。戸惑っている菜々子に、背中から声がかかる。

「どうせするんやし、別に気にせぇへんでもいいんちゃう？」

揶揄（からか）うみたいな言い方にカチンとして、菜々子はバスルームの前にあるドレッサーの前で服を脱ぎ始める。そのまま浴室に入り、シャワーを浴び始めた。

「……意外と菜々子ちゃん、度胸あるな」

けれど突然、背中側の至近距離から声を掛けられて、はっと振り向く。

「ちょっ……何してるんですか？」

「何って俺もシャワー浴びようと思って。結構今日出先歩き回ったし、こんな時期でもスーツ着て歩くと、汗かくわ」

いつの間にか服を脱いだ蒼真がバスルームに入り込んできて、平然と菜々子の後ろに立つ。逃げ出そうとした瞬間、ぎゅっと抱きしめられた。

「俺としなかったら、先の時間に飛ばれへんのやろ」

そう言いながら蒼真は石鹸（せっけん）を取り、たっぷりと泡立てたそれで菜々子の肩を撫でた。

「──っ」

それだけなのに、ゾクリと甘い感覚がはじける。

「改めて明るいところで菜々子ちゃんみたら、色白くて、肌が綺麗でたまらへん」

くつくつと喉を震わせるように笑いながら、彼は泡を背中に伸ばしていく。蒼真の言葉に状況を思い知らされ、一気に羞恥心がこみあげてくる。

「ちょっ……待って」

「待たへん。これからたっぷりエッチなことするし、俺が綺麗に洗ってあげるわ」

そう言いながら動かす手は淫らだ。自分が言い出したことだから、恥ずかしいからと言って逃げ出すわけにもいかない。彼は背中を撫でおろしていくと、臀部をやわやわと揉みたてる。

「あっ……ぁあっ」

ビクンと背筋を震わせて、とっさに壁にしがみついてしまった。膝が折れそうになった瞬間、彼がグイッと腰を抱いて、もう一方の手は下腹部からゆっくりと胸に向かって撫で上げる。

「やーらし。もう腰揺れてる」

甘く耳朶(みみたぶ)をかじり、淫らな言葉を囁く。いつもより意地悪な声は菜々子の胸を甘くときめかせた。こんな状況なのに、彼に触れられると嬉しいと思ってしまう。それは元弥と一緒にいた時には感じなかった気持ちで、このまま蒼真のもとに自分はいられない、ということを再確認してしまった。

「いっぱい気持ちよくなったらいいんちゃう。この間もやけど、ちゃんと中でイって意識飛ばさへんと、時間飛べないみたいやしな」

「あっ……やぁ、ダメ、そこっ」

石鹸の滑りとともに、菜々子のふくらみは彼の手のひらにおさまり、下から持ち上げられて揺らされる。壁に手をついた状態で自然と視線が下りると、その様子がつぶさに見えてしまう。ゆっくりと胸を撫でまわしていた親指と人差し指が、扱くように頂上を目指し、きゅっと頂を潰すようにする。

「はっ……やぁんっ」

乳頭を摘まれて、引っ張るような荒っぽい愛撫なのに、なぜかいつもよりもっと感じてしまう。腰が揺れて、自然と彼の熱い杭に自分のお尻を押し付けていた。はぁっと彼が熱っぽい吐息をつく。

「感じやすくてたまらんわ……」

今度はそっと胸の先を宥めるように撫でて、首筋に唇が落ちる。濡れた髪から伝う雫を吸うと、彼はかすかに喉を鳴らした。

「ほんまに今回が最後なん？」

どうして彼は、何度もそのことを確認するんだろうか。まるでそれがひどく気に入らないように聞こえる。

これ以上こんな関係を繰り返していたら、本当に後戻りできなくなりそうだから。そう口にすることはできなくて、ただ小さく頷く。

「やったら……菜々子ちゃんのここの深いところに、消えない傷をつけたい」

そう言って彼は菜々子の胸の谷間に指を突き立てる。まるで小さくて鋭いナイフを突き立てられたような感覚に息を呑む。

「俺のこと、忘れられへんように、してやる」

まるで脅迫するような言い方なのに、涙が出そうなほど嬉しい。巻き込んでしまった彼に責任は一つもないのに、無理やり責任を背負わせて、こんなことに付き合ってもらっているのに。

「いいです、よ。好きに……」

そう言った瞬間、グイッと熱っぽいものが足の間に入ってくる。

「えっ」

避妊も何もなく、中を犯されたのかと思って身を固くする。

「大丈夫や。中に入れたら、終わってまうし」

菜々子の怯えを理解してるのか、彼はゆっくりと動かす。

「まだ中には入れへん。……そんなもったいないこと、するわけないやろ」

菜々子の中に入らず、閉じられた足の間で硬くなった彼がゆるゆると動いている。

「まだ直接触ってないのに、とろっとろや……」

最高に気持ちいい、と囁かれて、かぁっと熱が一気に上がった。彼の言葉を証明するように、その部分から、ぐちゅりぐちゅり、という隠微な水音が聞こえてくる。それだけ彼に感じてしまっているのだ。溶けた蜜ごと、熱い杭で擦りあげられて、あっという間に感覚が鋭くなってくる。

「ほんま、菜々子ちゃんのここは素直で可愛い」

腰を抱いていた手が前に回り、割れ目をなぞり、敏感な芽を彼の指先が捉える。

「体だけでなく、心も素直になったらいいのに……」

のぞき込むようにして蒼真の唇が、こめかみのあたりに落ちてくる。

「はっ……あ」

その手が下腹部に降り、太ももを撫でながら指を鈎状にして奥から蜜を掬うと、手前に滑らせて、立ち始めているそれを、コリッと擦った。

「ひゃうっ」

「ここ、気持ちいい？」

愉悦に全身が震えたことをわかっているだろうに、わざと耳元で尋ねる。温かい舌が耳朶を舐め、吸い上げる。舌がちろちろと動き回り、ぞわぞわと背筋に甘い感覚が走る。

「ぁ、ああっ」

胸の先を摘まれて、もう一方の手は下の尖りを転がす。ゆっくりと腰を揺らされて、入り口を彼自身で擦り立てられる。

「菜々子ちゃん、こっち向いて。舌を出して」

　耳元で囁かれて、首をねじって振り向くと、そのまま唇にキスが落ちてくる。不自然な体勢で、伸ばされた舌先を絡めるようなキスをされた。

　感じやすい部分をいくつも刺激されて、脳の中が蕩けていく。気持ちよくて力が入らなくなる。

「ちゃんとイきたいやろ？　足に力入れて、頑張って立っててな」

　舌が絡まり、下も掻き回されて、ぐちゅりぐちゅりと淫らな水音が浴室の中で響く。

「もうどっちの音かわからへん。まあ気持ちいいし、そんなのどっちでもいいか。……ってか菜々子ちゃんは本当にエッチやな。どこが感じにくいって？　あの男が下手くそで感じさせてくれへんだけやったって、自分でもよくわかったやろ？」

　触れる舌も、意地悪に頂点に追い込もうとする指も、どれも気持ちよくて、がくがくと体が震える。

「たまらへんなあ。あっけなく追い詰められ、崩れ落ちそうになり彼にしがみつく。菜々子ちゃんがイキそうになって、必死で俺に縋りつくの、めちゃ可愛い過ぎるわ」

　優しく囁いて、頬を撫でて唇を寄せる。何度もついばむようにして、上唇も下唇も彼に食べられてしまう。体をねじるように不自然な体勢なのに、彼の熱い杭を中に受け入れたくて仕方なくなってくる。

「蒼真さん、まだ？」

思わずねだるように尋ねると、彼は低く唸りつつも、首を横に振る。

「菜々子ちゃん、一回、イっとこうか」

いったん唇を離されると、もう一度壁に押し付けられて、中に入れないまま彼が腰を送ってくる。ぱちゅん、ぱちゅんと、音だけはまるでしている時のような水音が響く。

「ここも一緒に弄ってあげるわ。ほら、エッチな菜々子ちゃんは、すぐイけるやろ？」

胸と下の尖りを一度に責められて、中がきゅうきゅうと収縮するのがわかる。お腹が疼いて、刺激されている部分から一気に熱がこみあげてくる。

「あ、っ、もっ……ダメ、蒼真さ……きちゃ、う……ぁあっあぁあぁあっ」

ヒクン、ヒクンと跳ね上がる体を彼が抱きかかえてくれる。そのまま彼は抽送を速めた。それが余計に菜々子の快感を誘い、背筋を反らし、顔が自然と上向く。抱きしめられたまま、そっと蒼真の唇が振り向いた菜々子の唇を覆う。はぁっと熱っぽい彼の吐息を頬で受け止めて、菜々子はゆっくりと目を開いた。

「はっ……ほんま、菜々子ちゃんがエッチすぎるから……我慢しきれんかった。……まぁある意味、都合いいけど」

再度キスを落とすと彼は自分自身を菜々子の足の間から抜いた。ぬるぬるとしたものが、太ももにかかっているのに気づく。どうやら彼も一度外で出してしまったらしい。

カランと音を立てて蛇口を回すと、温かいシャワーが上から降ってくる。蒼真の手が丁寧に菜々子の太ももと体を洗い流してくれる。体が綺麗になると、蒼真は栓をして湯を溜め始めた。

「少し休もうや」

そう言って溜まり始めた湯につかるように促す。足に力が入らない菜々子は、そのまま滑り落ちるように湯船に身をおろす。すると蒼真はその菜々子を抱え込むように向かい合わせに浴槽に座り込んだ。

「……気持ちよかった？」

邪気なく聞かれて、じわっと頬が熱くなる。

「……気持ち、よかったですけどっ」

聞かなくてもきっとわかるだろうに、と思いながら菜々子はすねた口調で答えた。

「ほんま、菜々子ちゃんは可愛いなぁ。……記憶がなくなっても、体は俺のこと、覚えていてくれるんやろうか」

そっと菜々子の髪を撫でる。蒼真の言葉に一瞬胸がギュッと締め付けられるような気がした。

「なあ、わかっていると思うけど、俺が菜々子ちゃんを好きで、菜々子ちゃんも俺が好きやから、お互い、気持ちよくなるんや」

蒼真は向かいにいる菜々子ではない、どこか遠くを見るような目をしている。

「だから、これから俺は、菜々子ちゃんに呪いをかける」

ふっと視線が戻ってきて、菜々子の瞳を茶色の瞳でじっと見据える。

言葉は重たいのに、蒼真の表情はいつものように飄々としているから、彼が何を言いたいのかわからなくて、菜々子は不安になってその顔を見上げた。

「最後になるんやったら、これから一晩掛けて、いっぱいエッチしよう。そんでもって、菜々子ちゃんの体が、ちゃんと男に大切に愛されることを知っている体、に変わってしもたらいいと思う。愛されてするエッチじゃないと、感じない体に、ね。そうでないと違うって、自然とわかってしまう体になるように、俺が菜々子ちゃんに呪いをかけたる」

物騒なことを囁いて、彼はにっこりと笑みを浮かべる。それから唇を寄せてキスをした。小さく触れて、離れて。今度は額に触れて、頬に触れる。そっと頬を撫でて、お互いに視線が交わる。自然と、幸せだな、と思う。それと同時に、それでもこれが最後だと思うと、涙が零れてしまった。その雫を拭って、蒼真はもう一度キスをした。

「なんて顔、してるんや」

蒼真まで泣きそうな顔をしている。お互い額を擦り合わせて、鼻先を触れ合わせる。大きな手が髪を撫でる。

「――まずはお風呂出たら、髪を乾かそか。そのままベッドに寝たら、濡れてしまうやろし」

くすん、と蒼真は小さく笑うと、髪の先にたまる雫を唇で受け止める。湯船から出ると、振り向くことなく浴室の外に出て、脱衣所でガウンを羽織ると、バスタオルを取った。

「おいでや」

バスタオルを大きく開いて笑いかける彼に、一瞬ためらったけれど、バスタブから立ち上がり、裸のままタオルの中に飛び込むようにして、彼に抱き着いた。

「なかなか活きがいいな」

笑いながらタオルで体を拭いて、菜々子にそのバスタオルを渡す。それからガウンを取ると、肩から羽織らせてくれた。

慌ててガウンの前立て部分を重ねて、バスタオルを外し、腰の辺りで共布のリボンを結ぶ。

「さってと。そこ、座って」

脱衣所に置かれていた籐の椅子に腰かけさせられると、蒼真はホテルのふかふかなタオルを使って、髪の水気をタオルで叩いて吸い取っていく。水気が取れたのを確認すると、ドライヤーのスイッチを入れた。温かい風が髪に当たる。思わずその風が心地よくて、目を閉じてしまった。

「なんや、眠くなってしもた？」

その声に首を横に振る。目を閉じていると、温かいドライヤーの風と、髪の毛を梳くような指先に水分を飛ばされて、徐々に髪が乾いていく。さらさらと髪が彼の指の間から零れ落ちていくまで丁寧に乾かしてくれた。

「よし。これで全部乾いた」

にこりと笑うけれど、そう言っている彼の髪はずぶぬれで。

「交代です」

椅子から立ち上がると、彼に座るように促す。

「いいよ、俺は……」

文句を言いながらも座った蒼真の頭にタオルを乗せて、思いっきりガシガシと拭いてい
く。

「わっ……荒っぽいな」

「うちの犬を洗った後と同じ扱いです」

「俺は犬扱いかいっ」

二人して、笑ってしまった。菜々子がわしわしと蒼真の髪をかき回しながら、水分を
取ってあげると、あっという間に乾いてしまう。最後にドライヤーを掛けて残りの水分を
飛ばす。

「やっぱり髪、短いと乾きやすくていいなあ。私も子育て中は短くしてたんですよ。洗う
のも大変だし、娘をお風呂に入れて着替えさせてってって一人でしてたら、長いと不便で」

そう言って、にこりと笑いかけると、一瞬彼の表情が歪む。

「手伝ってくれる人がいなかったら、長い髪は無理やろうな。アイツ、協力なんて一つも
しなかったたんやろ、どうせ」

「……え？」

彼の強い語気に、菜々子は目を見張る。その瞬間、蒼真はハッと息を吐き出して、刹那

視線を落とす。次の瞬間、ふと上げた表情は、いつも通りのにこやかなものに戻っている。

「……まあ、菜々子ちゃんなら短い髪も似合うかも。そうしたらベッドにいこか」

ドライヤーを受け取ると、元の場所に戻し、再び菜々子の手を取ってベッドに向かって歩き始める。

（このまま、彼と……）

最初はお互い感情的になってここまで来てしまったけれど、やっぱり彼を巻き込んで、一方的に傷つけているのは自分なのだと改めて思う。

「……本当に、いいのかな」

ベッドに腰かけて、ぽつりと呟くと、蒼真は天井を見上げて、ふっと自嘲気味に笑う。

「誰に対してそう思ってる？　俺？　それともアイツ？」

その言葉に、菜々子は苦笑を漏らした。

「……元弥さんに悪いって……そうか、そういう考え方もあるよね。ごめん。全然思ってなかった」

「まあ、菜々子ちゃんやって、アイツのあんなところ見なかったら、俺とここに来てへんやろ」

思わず本音が漏れたのを聞いて、彼も苦笑いする。自然と出ていた自分の言葉に、気持ちが誰に向かっているのか、菜々子は改めて思い知らされていた。

「お互いさまってことかな」

「ちゃうやろ。菜々子ちゃんは、娘ちゃんのところに早く行きたいだけや。ただ裏切ったアイツのことを本来の自分に忘れさせないと、それができないってだけで」

ベッドにゆっくりと押し倒された。彼は目を細めて菜々子の顔を覗き込む。優しく頬を撫でて、キスをした。

「菜々子ちゃんが一番大事なんは、娘ちゃんやって知ってる。でも、今だけは俺だけに集中して。少なくとも、アイツよりはずっとずっと大事に、菜々子ちゃんを抱くから……」

切なげに囁かれて、思わず手が伸びて彼の背に回る。

何も見たくない、考えたくない。

「……今だけは、全部忘れさせて……」

つい呟いていたセリフは、まるでメロドラマか、ロマンス映画みたいで、自分らしくない、と思う。

「ああ、全部忘れてしまったらいい。今は俺のことだけ、考えて」

そっと頬を撫でて唇を寄せる人に、不安な心を開いて、全部預けてしまいたくなる。

「蒼真、さん……」

目を閉じれば、聞こえてくるのは彼の愛おしげな囁きと、自分の乱れた呼吸。香るのは、二人で入ったシャワーの後の石鹸の香りと、彼の肌の匂い。

「菜々子ちゃん、ほんまにいい子やな……」

撫でてくれる優しい手。とろとろに溶けた中を指で掻き回されて、体中のいたるところに口づけが落ちてくる。時折きつく吸われて、紅い痕が肌の上に散る。

「はっ……ぁあ、気持ち、いいのっ」

　素直に快感を伝えれば、彼は機嫌よさそうに笑みを浮かべる。

「……菜々子ちゃんが俺のことが好きやから、気持ちいいんやで」

　まるで彼自身に言い聞かせるような、その声がひどく不安そうだから、菜々子は目を開き彼の瞳を見つめる。

「……蒼真さんのこと……」

　好き、と言いかけて、自分にその言葉を言う資格はないのだ、と思う。代わりにギュッと抱き着いて、そっと彼の肩口に唇を落とす。

（これが、最後だから……）

「俺は菜々子ちゃんのこと、大好きや。ずっと好きや。どこにいても、誰といても菜々子ちゃんが望むなら迎えに行くし、幸せにしたい」

　甘やかすように口づけられて、涙が零れる。叶わない夢だとわかっていても、その言葉を信じたくなる。

「……ごめんね」

　そうしてほしいなんて言えるわけもない。代わりにそっと頬を撫でて囁くと、彼は眉を顰めて、首を左右に振った。

「謝る必要なんてない」

　少しだけ語尾を荒らげると、菜々子の膝裏に手を入れて、体を大きく開く。それだけで、とろり、と蕩けた蜜が溢れる感じがする。

「ほんま、エロいわ……」

　唇を寄せて、舌で舐め取られて、思わず体が震えた。

「ダメ……」

「ダメとか言わんといて。……さっきはここ、食べさせてもらってない」

　隠そうとする手を抑え込んで、さらに体を大きく開かれる。わざと音を立てるように激しく啜り上げられて、ビクンと体が跳ね上がる。

「……なあ、俺に舐められるの、好き？」

　一瞬視線を上げた彼と、目が合ってしまう。長い睫毛を伏せて、ふっと笑った表情が意地悪そうで、普段の柔らかな話し方とのギャップに、ドキンと心臓が高鳴る。

「そんなことっ」

　言い返そうとした途端、ヒクリと中が収縮して、また蜜が溢れ出す。

「……体の方が素直や」

　くつくつと喉を鳴らして笑う。

「じゃあ、いっぱい舐めてあげよ」

　そう言うと、蒼真は蜜口に舌を細くして突くようにしたり、大きく開いた口と舌の中央部分でそこ全体を食むようにする。

「ぃやぁ、そこ、ダメ。……は、あぁっ、んっ」

柔らかい舌先で、一番感じやすい芽を転がされて、一気に快感がこみあげてきて、びくびくと体が震えながら絶頂をむかえていた。それでも彼は許してくれなくて。

「あぁ、やっ、そこ、おかしく……なっちゃ……」

今度は敏感になった部分を吸い上げられて、舌先で押しつぶされて、立て続けに達してしまう。

「ひぁっ、ぁっ……ぁあ、も、むり……」

気持ちよくてお腹の中が疼いている。涙が零れるほどの愉悦に、彼の髪を掻き回すようにして、体を反らし必死でこらえた。

「蒼真、さん。も、ここが、切ないの……」

彼を受け入れることで、一番高いところに行くことを知ってしまった体は、蒼真自身を欲しがる。

「まだ、あかん。まだ全然食べ足りへん。せやな、ちょっと角度変えたら、我慢できるんやない？」

顔を上げた彼が、蜜にまみれた唇を舐める。そのまま菜々子をうつぶせに這わせると、今度は腰を高く上げさせた。

「ほんま、菜々子ちゃんは色っぽくてたまらへん」

掠れた声がひどくセクシーで、じっと視姦されている気配に、ゾクリと背中に戦慄（せんりつ）が走る。恥ずかしくて逃げ出したいくらいなのに、すべてを受け入れたいから、誘うように腰が揺らぐ。

「ひっ……あぁっ」

濡れそぼつ蜜口に、グイッと指が入ってきて、思わず悲鳴に近いような喘ぎが上がる。

「……これじゃ、足りへん？　けど、もうちょっとこれで我慢して」

長い彼の指がゆっくりと引き抜かれ、完全に抜ける直前に再び突き立てられる。まるで彼自身のような動きと、それとは違う繊細な指先の感触に、たまらず甘い吐息が漏れる。

「指も、気持ちいい？」

体を伏せるようにして、耳元で囁いて、耳朶を食み、項に口づけられる。肩口、背中に、いくつもキスが落ちてきて、ぐちゅぐちゅと中を貫きながら、もう一方の手で胸を揉い上げる。感じやすくなっていた胸の先を指で転がされて、快楽に溶けた体は、再び絶頂を目指している。

「だめ、も……そんなに……ムリっ」

逃げ出そうとした瞬間、ぎゅっと片腕で抱きしめられて、頬にキスが落ちてくる。

「……もう、逃さへん」

低くでどこか怖いほどの熱を秘めた囁きに、一瞬で悦楽の谷間に突き落とされる。グリっと中を擦られて、あっという間に達してしまう。

「あぁああっ…………はぁ、ぁあっ……」

体を支えていた手から力が抜けて、くたりと体がベッドに落ちる。荒い息を吐いて、まだ絶頂の余韻を震える体で感じていると、背中に、腰に、いくつもキスが落ちてくる。そのまま隣に同じくうつぶせに横たわると、彼は菜々子の背中側から抱きしめて、肩口にキスを落とす。

「……いっそ」

くつりと笑う気配。菜々子はシーツの波間で愉悦に漂いながら、どこか切なげな彼の声を聞いている。

「このまま、入れへんでもいいかな。そうしたら、菜々子ちゃんはずっと俺のとこにいることになるんやろ？」

顔を伏せたままだから、どんな表情をしているのかすらわからない。

（そうか、しなかったら……）

ずっと一緒にいられるのかもしれない。

「別に最後までしなくても、菜々子ちゃんが幸せそうな顔をしてくれるなら、俺、結構、精神的には満足できるみたいやし……」

ぽつりぽつりと話す彼の言葉に、何と答えていいのかわからない。もし今日、時間を飛ばなければ、今日の元弥の浮気の記憶が、菜々子に残ってしまう。そうなれば男女関係に関しては厳しい価値観を持っている自分のことだ、元弥との付き合いをやめてしまうだろう。

（そうしたら、伽耶に会えなくなる。伽耶と会えない未来が待っている……）

蒼真と一緒に暮らしていけたら、間違いなく元弥と結婚するより幸せになれる気がする。それでも……。

（伽耶のいない幸せ、なんてやっぱり有り得ない……）

そう自分の中で結論が出ると、菜々子はかすかに身じろぎをした。

「あああああああ。わかっているから言わなくていい。……それやったら菜々子ちゃんは伽耶ちゃんに会われへんし、そうしたら幸せにはなられへんってことやろ？」

彼女が口を開く前に、ベッドから突然身を起こした蒼真がその場に腰かける。ベッドサイドに置いていたカバンの中からゴムを出すと自分に着けて、菜々子に声を掛けた。

「おいで。最後までしよ」

その声に身を起こし、彼の顔を改めてまっすぐ見つめる。

「それで菜々子ちゃんがこの時間から未来に飛べば、今日のことは菜々子ちゃんの自身の記憶から消える。それでも俺は菜々子ちゃんが、ちゃんと伽耶ちゃんとまた会えるように協力する。乗りかかった船、やもんな」

向かい合わせになると、彼は菜々子に自分をまたがせるような体勢にさせる。

「そのかわり、今日の前にいる菜々子ちゃんが、俺を忘れられなくなるようにしたるから、覚悟して」

ゆっくりと彼の上に腰を下ろしていく。彼自身が自らを貫く感覚に思わず快感とも、切なさとも言えない涙が零れる。

「……気持ち、いい？」

また涙を零している自分と、泣きそうな顔をしているけれど、泣かない彼の視線が数センチのところで交わる。

「あぁ俺、やっぱり菜々子ちゃんのことが、死ぬほど好きやわ」

そう言うと目がなくなるくらい細めて、にこりと笑う。その瞬間、菜々子は涙が止まらなくなる。

「ほんまあんな男に、やりたないわ。俺にとって菜々子ちゃんは、可愛くて、優しくて、大事な存在なんや……」

ぽろぽろと零れる涙を、指先ではらい、いくつも目元にキスをして拭う。

「……なあ、なんでそんな顔するん」

ゆらゆらと体が揺らされて、お互いの欲望に火をつける。苦しくて愛おしくて、涙が零れる。何も言えなくて、そっと彼の唇に口づける。

何度も食むようにしてお互いに奪い合うようにキスを繰り返した。

愛おしい気持ちが募るほど、体は快感を拾い、お互い自然と腰を揺らしていた。

「菜々子ちゃん、なんで泣きやまへんの？」

「……蒼真さんとすると、すごく気持ちいい、から」

蒼真に抱かれると幸せで、幸せで気持ちよくなってしまうから。言葉に隠した思いを端的に告げると、彼はまた笑った。

「そか、だったら目一杯気持ちよくなったらいい。ただ気持ちよくなるだけでなくて、意識を落とすくらい気持ちよくならへんかったら、飛べない、みたいやからな」

そう言うと、彼は菜々子をベッドに横たえて、一気に深いところまで貫く。

「ひぁっ……ぁあ、いい。気持ちいい」

ずっと待ち構えていた奥まで満たされる感覚に、それだけで一瞬飛びそうになる。

「風呂ではいっぱい我慢、してたからや……。我慢してる菜々子ちゃんはほんまに可愛かった。菜々子ちゃんは最高や。可愛い、愛おしい」

甘い言葉を囁きながら、彼の手が腰を抱いて、逃げられない程深くまで貪る。一突きされるごとに、すうっと意識が溶けるほどの悦びが体を貫いていく。

「そ、まさん。い……の。……すごく、気持ちい……の……」

あぁ、こんなに蒼真のことが好きだ。

思慕の感情に愉悦が高まる。言ってはいけない本音を必死で堪えて、代わりに喘ぎをいくつも零す。蒼真の与える悦楽にのめりこむ菜々子を見て、彼は眉を顰め、強い快楽をこらえる顔をする。目を開くと、幸せそうなのに切ない表情で、荒い息をつぐ。

「あぁ……アイツより、間違いなく俺の方が菜々子ちゃんを愛してる」

愛おし気に目を細め、いくつもキスが降ってくる。体の快楽より心の悦びが、体を深い絶頂に押しやっていく。汗をかくほど必死に自分を抱いてくれる人が愛おしくて、そっと

その汗に口づけをする。

　瞬間、中の彼自身がひと際張りつめたような気がする。

「……」

　つい溢れそうになる思いを言葉にしないように必死で噛み締めた。代わりに彼の背を抱き、その首筋に顔を擦り寄せて、彼の匂いを肌に染み込ませる。

「ほんま、菜々子ちゃんは最高やわ、かなわへん……」

　瞬間、最奥で彼を感じる。ゆるゆると押し付ける動きは緩やかでも、体の奥からぞわぞわとした絶頂感が一気に高まってくる。意識が溶けそうなほどの快楽に、瞳を閉じると、体の中で何かが激しく弾けるような感じを覚えた。

「あぁ、ぁあっ。ひぁあああっぁあっ」

　ぎゅっと彼に抱き着いて、体を震わせながら意識が遠のいていくのを感じる。

「菜々子ちゃん。飛ぶ前に、覚えておいて」

　熱い吐息とともに唇が耳朶を掠め、注がれる媚薬のような言葉が、耳から抜きがたいほど心の奥深くに忍び込む。

「——どこに行っても、誰といても必ず菜々子ちゃんを迎えに行く。何度繰り返しても、どこかでミスっても、最後、貴女のすべてを手に入れるのは、俺やから」

　ふと頭の中で、彼と出会った日にあの喫茶店で流れていた『タイム・アフター・タイム』のメロディが聞こえたような気がした。

第七章　二十七歳・晩秋

菜々子は過去にあったことを夢に見ていた。それは結婚してからも後悔が残っていて、何度も菜々子がやり直したいと思っていたから、見たであろう夢。

そこには心配そうな顔をした大学時代からの友人、芹香がいた。そしてその前に座っているのは自分自身だ。それを俯瞰(ふかん)するように菜々子自身が見つめている。

元弥と一夜を過ごして伽耶を身ごもる、その二か月ほど前。芹香と最後に会った時の記憶をトレースする夢だ。

『ねえ、菜々子。元弥君ってさ、結構女の子関係がルーズっぽい噂を聞いたんだけど、大丈夫?』

芹香の向かいに座る菜々子自身がとっさに笑顔を向ける。けれどその笑顔はどこか不安げにみえた。それなのに返す言葉は嘘っぽいくらい明るい声だ。

『ええ?　すごく大事にしてもらっているよ。元弥さん、女の子に限らず、誰にでも優しい人だから誤解されやすいんだと思う』

『うーん、それはどうかな。いや、部署が一緒になってから気づいたんだけど、彼、わりと後輩とか立場が弱い人に対しては、高圧的に出るし、意外とカッとなりやすくて感情的だし……。それにね職場の後輩の女の子が、会社で元弥君と付き合っているって言って回っているんだけど……何か知っている？』

心配そうな芹香の言葉に、菜々子は顔を左右に振るだけだ。

『浮気とか二股とか……。そんなこと、絶対ないよ。大丈夫。元弥さん素敵だから、ちょっと優しくされてその女の子も勘違いしているだけ』

『……全然大丈夫じゃないと思うから、菜々子に言っているんだけど』

はぁっと呆れたようにため息をつく芹香に、菜々子は不安な気持ちがこみあげてきて、つい声を荒らげてしまう。

『元弥さんが、芹香は口が軽くて、なんでも面白がって噂にするって言ってたけど……そういうところ、良くないと思う』

（そんなこと、言っちゃダメ）

思わず止めたくなるけれど、夢の中の菜々子はその言葉に耳を傾けることもない。夢の中の菜々子が言ってしまった言葉に、芹香が眉を跳ね上げた。

『あっそう。わかった。私は菜々子にちゃんと言ったからね。あの男は浮気性で立場が弱いやつには高圧的になる、典型的なモラハラ夫になりそうなタイプだって！』

サバサバしている芹香の性格が好きだとずっと思っていたけれど、人が傷つくような嘘を思い込みで話す人なんだ。そう夢の中の菜々子が考えていることに、二人を見つめている自分は気づいている。芹香の言葉に煽られて、冷静さを失った夢の中の菜々子は、カッとなって言い返す。

『芹香、元弥さんに失礼だよ。私、芹香の言葉より、元弥さんを信じているから』

それだけ言うと、菜々子は自分の飲食代を財布から抜いて、机に置いて席を立つ。

『やっぱり芹香は元弥さんが言うように意地の悪い考え方する人だったんだね。私、芹香がそんなこと言う人だと思わなかった。もう……会わないから。じゃあね』

『ちょっ……菜々子！』

呼びかけられても足を止めずに、席を離れる。

店を出ると、そこには元弥が待っている。彼に『芹香とはもう会わないことにした』と告げる菜々子。

『そうか、その方が菜々子のためにも良かったんじゃない。友達は選んだ方がいいよ』

そう言って元弥は嬉しそうに笑い、彼の思い通りの行動をした菜々子を褒めるように髪を撫でた。幸せそうに元弥に笑みを返す菜々子を見ながら、その成り行きを見つめていた菜々子自身は毎回思うのだ。

この瞬間、自分はそれまで培ってきた大事なものを一つ、なくしてしまったのだ、と……。そしてここからたくさんのものを失っていったのだ。

――ぴぴぴ、ぴぴぴ……。

何かが聞こえる。菜々子は聞きなれたその音にゆっくりと目を覚ます。気づくと枕元で携帯が鳴っていた。無意識でそれを取る。

「もしもし……」

『ああ、菜々子。もしかして寝てた?』

菜々子を支配するその男の声に一気に意識が覚醒した。

「あ、ごめんなさい。急いで支度します!」

慌てて飛び起きる。こんな時間まで寝ていて、夫に起こされたらひどく叱られるに違いない。

『……なんでそんなに焦ってんの?』

だが電話の向こうの声はいきなり怒鳴りつけることもなく、穏やかだ。それどころか邪気のなさそうな笑いを含んでいる。

「あれ……私。ちょっとぼーっとしてて」

慌てて周りの景色を確認する。ここは菜々子が一人暮らしをしていたアパートの一室で、自分は電話をかけてきたこの男性とは、まだ結婚していない。

「ごめんね。顔洗ってきてから掛け直してもいい?」

自分は今、元弥と一緒に暮らしていないのだ。いろいろな記憶が頭の中に混在して混乱する。下手なことを言う前に一度電話を切ってしまおう。そう思って言うと、元弥は小さく笑って、仕方ないなあ。と答えた。

電話を切って、最初に確認したのは日付だ。

――十月二十一日。あれから半年ほど経っているらしい。

どうやら無事時間を飛べた自分を確認すると、引き出しにある日記を確認した。

元弥が沙里と浮気をしているのを目撃して、その後菜々子が蒼真と過ごしたあの日の記憶は、やはりこの体の菜々子からは消えているようだ。

その日一日分が記録されていないこの日記によれば、翌日退社後、夜に元弥とごく普通にデートして、無事プレゼントは彼に渡せたらしい。

その後は具体的に元弥と付き合うという話もないまま、デートに誘われると喜んで出かけている自分と元弥の関係が、あのころと変わらな過ぎて苦笑が浮かぶ。

きっとまだ女性と遊びたいと思っている元弥にとっては、あいまいな関係の方が、都合がよかったのだろう。

（本気で私との関係を考えていたら、普通なら告白しているよね。もし私が元弥さんにとって大事な存在なら）

瞬間、ふと切なげな表情を浮かべた蒼真を思い出す。

『あんな男に、やりたないわ。俺にとって菜々子ちゃんは、可愛くて、優しくて、大事な存在なんや……』

慌てて頭を左右に振って、その記憶を頭の外に振り払おうとする。

どうやら自分が菜々子の中にいた間の記憶は、この菜々子の中に都合よく溶け込んでいるらしく、今度は蒼真の存在もちゃんと認識していた。

最初は人違いで声を掛けられて知り合いになった、通勤で同じ路線を使う人。映画が趣味で会話をするようになり、帰りが一緒になった時に何回か誘われて食事をした、知り合いより少し親しい程度の友人関係、という認識のようだ。

ただしそれも時間を飛ぶ前までの話で、ここ半年ほど、元弥との関係が深まるほどに、真面目な菜々子は正式に交際しているわけでもない元弥に義理立てして、その後は蒼真とたまに電車で会っても、食事に出ることもなく、挨拶する程度の関係に収めている。

(まあ、エッチしちゃった記憶がなくて、元弥さんと付き合っているみたいな感じだったら、蒼真さんに対してはそんなもんだろうな……)

ズキンと胸が痛むのを無理やり無視する。この時間に飛んだばかりの菜々子からすれば、蒼真と過ごした切なくて熱い夜は、つい昨日のことなのだ。

『アイツより、間違いなく俺の方が菜々子ちゃんを愛してる』

甘く狂おしい囁き。その言葉に全力で応えたくなってしまった自分を思い出して、その衝動を抑えるようにギュッと自らを抱きしめた。

(……伽耶)

それは菜々子にとって、何よりも大切な宝物の名前だ。

世界で最も清らかな、屈託のない笑顔を思い浮かべる。大きく息を吸って、心の中に勝手に住み着いてしまった恋情を、自分の中から追い出すように、ゆっくりと時間をかけて吐き出す。胸に残っている思いをすべて吐き切ってから菜々子は立ち上がり、顔を洗い、そのころ一番好きだったはずの男性、菜々子に伽耶を授けてくれる人に電話を掛ける。

「元弥さん？　……ごめんね。さっきちょっと寝ぼけていたみたい。おはようございます」

『いやいいけど……。今日、芹香さんと会ってくるんだろう？』

電話の向こうの声は少しだけ不安そうに聞こえる。彼の言葉に菜々子は今日の予定を思い出していた。

「うん。その予定。また芹香と別れたら電話するね。じゃあ寝坊しちゃったから、そろそろでかける準備をしないと」

よりにもよって、今日この日に戻ってくるなんて。しかもまるで時間を飛ぶ前の菜々子と芹香の関係がどうなったのか菜々子に確認させるように、記憶を夢で見せられた後なのだ。

ズンと重くなった気持ちをこらえて、電話を切ると、菜々子は外出の支度をする。

今日、芹香とランチをし、そこで彼女から元弥に関するあまりよくない話を聞かされた記憶が菜々子にはある。そして芹香から聞かされた話をきちんと受け止められずに、彼女と喧嘩別れしてしまった。

元弥の浮気を知っている今の自分が冷静に考えれば、元弥と同じ会社に勤めている芹香には、元弥のそういったところが見えていたのだろうとわかるのだが、あのころの自分はそれを認めたくなかったのだ。

その後、芹香と仲たがいしたことを元弥に話すと、彼の機嫌がよくなった。そのことにほっとした菜々子は、そのころからなんとなく友人や家族と連絡が取りにくくなっていった。

別に元弥が具体的に何を言うわけでもないのだけれど、菜々子が自分の親しい誰かに連絡を取った、と言うと元弥は不機嫌になる。

怒鳴られて彼の望み通りに動かされるわけでもない。ただ気に入ってほしくて、菜々子は元弥の表情を常に窺(うかが)っていた。彼もそうすることを望んでいるように思えた。

気づけば彼の機嫌をとって、親しい人と会わなくなり、最後には同じ東京に住む仲の良かった妹にすら連絡が取りにくくなっていった。

だから未来の菜々子は孤独だった。ママ友のような存在と仲良くなることすら、元弥は快く思っていなかったから。菜々子は彼に嫌われたくなくて自然と友人も作らなくなっていった。そうすればそうするほど、元弥に対する依存度が上がった。

そうなっていくきっかけになったのが、今考えると芹香と疎遠になったことだったような気がする。もともと田舎からこちらに出てきて、あまり友人の多いほうではない菜々子にとって、芹香は大事な友人の一人だったのに。

あの事件をきっかけに、プレッシャーをかければ、菜々子が自分で勝手に友人を切っていく、と彼が考えるようになったのかもしれない。

「気が重い……でも、行かないとね」

自分自身の目で、元弥の浮気現場を見てしまったけれど、もう一度冷静に芹香から、彼の浮気の話を聞くのは相当気分が落ち込むことだろう。だが元弥にのぼせていない今ならば、芹香の話を冷静に聞くこともできると思う。

芹香だって、わざわざ楽しくない話を菜々子にするのは、心配してくれているからに違いないのだから。感情的にならなければ、芹香と疎遠になってしまう運命からも逃れられるかもしれない。

（そうだよね。少なくとも知らないで、元弥さんの好きなようにされてしまうより、現実をちゃんと理解しておいた方がいい……）

自分が彼の思う通りに動きすぎたせいで、元弥も菜々子に対して強く出るようになってしまった可能性もある。もっと対等に、きちんと話し合いのできる関係を築かなければ、これから伽耶の両親としてお互い並び立っていくことは難しいだろう。

そう思うと、菜々子は友人との外出のために、気合を入れたのだった。

「菜々子、最近どう？　元弥君と仲良くやっている？」

食事のコースもあと残すは水菓子だけ。そんなタイミングで芹香は菜々子の顔を覗き込んだ。菜々子は芹香の様子に小さく笑みを返す。

「うん、まあまあね」

「正式に、付き合い始めたんだよね？」

心配そうに続けられた言葉に、菜々子は小さく首を傾げる。

「どうなんだろう。好きとか可愛いみたいなことは言われるけれど、ちゃんと付き合ってくださいとかの告白はされてないからなあ」

そう言いながらお茶を一口飲む。菜々子の好きなものをと言ってくれたので、今日はランチで気軽に懐石を食べさせてくれるお店に来ているのだ。

落ち着いて話ができるようにと、わざわざ個室を予約してくれているのはこの後の話のためだろうか。

「いや私も、菜々子が元弥君と出会うきっかけになった場所を提供した手前、ちょっといろいろ気になっていて……」

話しにくそうにそう言いかけてから、気持ちを決めたのだろう。まっすぐ顔を上げて、芹香が話を始める。

「いやさ、あの時の合コンに、沙里っていう子がいたの覚えている？」

その言葉にズキンと胸が締め付けられるような気がする。菜々子の記憶では昨日の夜、エッチなことをエサにして、元弥にすり寄っていた女性だ。とっさに表情に出ないようにしたつもり、だった。

「……菜々子、元弥君となんか、あったの？」

でも親しくしていた芹香にはそれすらお見通しだったらしい。でも説明ができるわけでもない菜々子は、慌てて顔を左右に振ってごまかす。

「ううん。なんでもない。それで、その沙里って子がどうしたの？」

多分、元弥の浮気の話を聞くことになるのだろう。嫌な感覚を飲み込んで、先を促した。

「ごめん。あんまりいい話じゃないの。それに彼女が言っているだけで、本当か嘘かもわからないんだけど、これ以上菜々子が元弥君と親しい関係を続けるようなら知っておいた方がいいかと思って……」

そう言って芹香は気分を落ち着かせるように、入れ直してもらったばかりのお茶を口にする。

「私の知っている事実だけを言うね。沙里ちゃんって私の後輩にあたる子なんだけど、この間、元弥君と今付き合っている、って私に報告してきて。私、菜々子と付き合っているとばかり思っていたから、そう言ったんだけど、『菜々子さんがしつこく誘ってくるから、たまに一緒に出かけているだけで、別にそういうのじゃない』って元弥君が言っていたって聞いたから……」

その言葉に、正直ショックを受けている自分もいる。でもどこかであの二人の様子を実際に見ているからこそ、腑に落ちてしまった。

「そう、なんだ……」

「ごめん。こんな話をして……」

芹香がまるで自分のことのように肩を落とし、落ち込んだ表情をしているから、思わず首を左右に振って笑顔を返して見せる。

「いいよ。だって心配して話をしてくれたんでしょう?」

あの時みたいに感情的になることなくそう言うと、彼女はさらに眉を下げて困ったような表情のままだ。芹香の様子に、菜々子は言葉を続けた。

「ごめんね。きっと芹香のことだから、元弥さんに状況を確認するために、突撃したんじゃないの?」

ここまで来たら全部話してもらおう。正直元弥に対して恋愛感情はないから、思っている以上に傷つかないかもしれない。

「……うん。だってきっかけになったのは、私が合コンに誘ったからだし。でも、話を聞きに行ったら元弥君は『俺が好きなのは菜々子ちゃんだから。あと、沙里ちゃんは懐いてくれて可愛いけれど、恋愛感情じゃなくて妹みたいな感じかな』って……」

その言葉に菜々子は思わず眉を顰(ひそ)めてしまった。

(何、言っているの?)

イチャイチャとエッチな話をしながら消えていった二人の姿を、菜々子は明確に覚えている。妹と思っているなんてことは絶対にない。元弥があの日、彼女とエッチなことをする気満々だったんだとわかっている。

(つまり、そういうことだよね……)

なかなかエッチできない菜々子を形だけ本命の扱いにして、すでに手に入った沙里にはあまり価値をおいてないのだろう。黙り込んでしまった菜々子のことを気遣うように、芹香は言葉を紡ぐ。

「今まで別部署だったから、元弥君のこと、表面上しか知らなかったんだ。でも四月から異動で同じ部署になって、いろいろなところが見えるようになったから思うのかもしれないけれど……」

素直に話を聞いている菜々子に安心したのか、芹香は会社での元弥のことを話し始めた。

営業先にはすごく丁寧な対応をするし、明朗で評判も悪くないけれど、自分の下についた派遣社員のアシスタントに対しては、常に上からの態度を崩さず、自分の伝達ミスでトラブルになった時も、アシスタントに責任をなすりつけ、周りから見えないところで怒鳴りつけていたこと。

仕事が上手くいっている時は機嫌がいいけれど、何かトラブルになると途端に不機嫌になり、特に後輩など自分より立場が下の人間に対しては態度の悪さが顕著で、八つ当たりをすること。逆に同僚や上の立場がいる場合には絶対にそれを外に出さないこと。

「私は元から今の部署にいたし、営業職で彼と同格だから別に嫌なことを言われたり、そういうことはないんだけど、うちの部署の新人たちからは彼、評判がよくなくて……。けして仕事ができないわけじゃないし、上の人にはそれなりに評価されているんだけど、なんだか裏表があるみたいで気になって……」

ふぅっとため息をついて、お互い顔を見合わせる。

「そうなんだ。……ありがとう、教えてくれて」

「思ったより、菜々子が冷静でほっとした。こういうの合コンを設定して出会いの場を用意しちゃった私が言うのもあれだけど、彼に関してはあんまりオススメ物件、ではなかったかもしれないって最近思っててさ」

確かに結婚してからの彼の様子を思い出すと、相手が自分より下の立場の人間だと思えば、強い態度に出る人だということも納得できる。

しかも沙里と自分を両天秤にかけていることは事実だし、冷静に考えてみたら、彼の誕生日から沙里と関係があったのだとすれば、もう半年ぐらい二股をかけたままだということではないだろうか。

ふるりと背筋が震え、自分を抱きかかえるようにして、二の腕を両方の手のひらで摩る。

あの時も芹香はこの話をしようとしてくれたのかもしれない。

こうやって落ち着いて話を聞くと、芹香は菜々子が嫌な思いをするかもしれないとわかったうえで、心配して知らせてくれたんだろうとわかる。

「……元弥君と……どうする？」

おずおずと尋ねられて、菜々子は一瞬唇を噛み締めてしまった。

（浮気はしているし、それを追及されてあっさりと嘘でごまかそうとするような人、だけど……）

それでも元弥とでなければ、伽耶は生まれてこないのだ。娘を産むことを目的に気持ちが伴わない相手と関係を続けること自体、いいことだとは思えない。それでも……。

「まだ本人に確認できたわけじゃないから……それにきちんと話し合って、いい関係を築けるように頑張りたいって思うから」

菜々子の言葉に、芹香ははぁっとため息をつく。

「菜々子って決めたことに対しては、本当に頑固だから。でも無理って思ったらさっさと撤退しなよ。まあ、沙里ちゃんに関して言えば思い込みの強い子だから、本当に元弥君の言う通り、彼女が勝手に思い込んでいるだけなのかもしれないけどね」

その言葉が慰めに過ぎないということは、あの二人の関係を目の当たりにしている菜々子にはよくわかっている。

「芹香、言いにくいこと、ちゃんと教えてくれてありがとう」

菜々子のセリフに芹香が眉を下げる。

「もおおおお、菜々子はいい子だからさ。絶対に幸せになってもらいたいよ。もし何かあったら即言ってよ。なんでも相談に乗るからね！」

抱き着かんばかりの勢いでそう言ってくれる友人の気持ちが嬉しい。でも自分こそが元弥を利用しようとしているのかもしれない。本来の菜々子なら、こんな事実を知ってしまったら、彼と別れることを選択するに違いないのだから。

夕方には実家に顔を出さないといけないと言う芹香と別れて、菜々子は自宅アパートの傍の駅で降りて、街を歩き始める。この間桜が咲いていたはずなのに、この世界では紅葉が始まりつつある。季節は冬に向かっているのだ。

　今のところ、蒼真に頼んでエッチして時間を飛んだおかげで、元弥の浮気の事実は本来の菜々子の記憶からは消えている。とりあえずは元弥との関係も上手くいっているらしい。けれど今日の芹香の話を聞いて、本当にこのままでいいのか、迷いが生じていた。

(でも、伽耶をあきらめることだけは絶対にできない。だから十二月までこのままで過ごして、無事伽耶を授かれたら……その時もう一度いろいろ考えてみたらいい)

　自分をそう納得させる。誰が何を言おうとも、菜々子は伽耶を産みたいのだ。それはたとえどんなことを犠牲にしても、誰を犠牲にしても成し遂げたいことだから……。

　その瞬間、携帯電話が震える。元弥からだ。沙里との関係について、芹香が直接彼に確認したと言っていたから、菜々子の反応が気になってかけてきたのだろう。

「はい、もしもし」

『ああ、今どうしているの？　芹香さんとは？』

　尋ねられて、ちらりと周りを見渡す。人のあまりいない公園に入ると、ベンチに座り、会話を続けた。

「うん、もう別れた。芹香、今日は実家に帰らないといけないんだって」

『そう。……楽しかった？』

　こちらの様子を窺っている元弥に、菜々子はどう答えるか迷う。芹香には話し合ってみる、と言ったけれど果たして今、釘をさす方がいいのか、このまま放置して伽耶を授かるまでは様子を見る方がいいのか……。

「うん、楽しかったよ」

『……そう』

「私、元弥さんのこと、信じているから。本当のことをいつでも伝えてね」

なぜか、するっとそんなセリフが口をついていた。いや信用なんて一つもできないのに、それでも信じたい、という気持ちがどこかにあったのか。菜々子の言葉に、電話の向こうで彼が息を呑む気配がする。

『やっぱり、芹香さんから何か聞いたんだろ？』

瞬間ぞっとするような冷たい声が聞こえて、慌てて菜々子は無難な答えを返す。

「うん。元弥さん、芹香と同じ部署に異動してから、取引先に評価されて、すごく頑張っているけど、たまに後輩に対して、きつく当たってしまうことがあるのが心配って言われたんだ……」

話をごまかすと電話の向こうではあからさまにほっとしている気配を感じる。

『……そうか、まあこっちが必死に頑張っているのに、やることだけやったらいいって態度の奴とはどうしても温度差がね』

言っていることは間違ってはいない。でも本当のことを全部言っているわけでもない菜々子に対して、安堵したように話し始める彼に、思わず苦笑が漏れてしまう。

「……それとも元弥さん、私に内緒にしていることでもあるの？」

改めてそう尋ねると、彼は電話の向こうで仕事について語っていた言葉を止め、わざとらしく一呼吸置いてから、深々とため息をついた。

「いや別に。でも芹香さんには、いろいろ余計なこと言われそうでさ。ああ見えて彼女、口軽いから」

さらりと芹香の悪口を言っているけれど、それでも明確に付き合うな、と言われなかっただけましかもしれない。今回は、元弥と芹香の関係も穏便に収まっている気がする。

「そう？　でも私は元弥さんの職場での話を聞けて嬉しかったけど。すごくお仕事、頑張っているんだなって……」

彼の気に入るように答えると、元弥はわかりやすく機嫌を持ち直したように笑った。

「じゃあ、私、そろそろ家に帰るね」

彼との電話を切ると、菜々子はまだ明るい空を見上げて思わずため息をついていた。

前の記憶では芹香と何を話したか伝えると、そんなことがあるわけないと感情的に元弥に反論された上に、彼女ともう付き合うな、と一方的に言われたのだ。

そもそも芹香と喧嘩した菜々子は、そのまま彼女と会わなくなってしまった。

（でもやり直したおかげで、芹香と絶縁する過去は、変えることができた、のかな……）

夢に見るほど後悔していたあの一日。その日を変えられただけで、過去に戻ってきた価値はあるのかもしれない。それでも、伽耶に会いたいというどうしようもない我欲と、周りをだましているような申し訳なさで、気持ちは晴れることはないのだけれど……。

菜々子はベンチから立ち上がり、アパートに向かって歩き始める。

（だって……こうするより、仕方ないんだもの……）

心の中でつぶやいて、少しだけでも前を向こうと下を向きがちな視線を上げる。その瞬間。

「菜々子ちゃん」

そう呼びかけられて、なじみのある声にとっさに振り返ってしまっていた。

「……ほんま、アイツと何かあった時は、いつでも泣きそうな顔、しとるなあ……」

呆れたような声。

「……なんでこんなところにいるんですか」

その声につい安堵してしまう。途端に目元が熱くなり、ぶわっと涙が浮いてきた。

「――蒼真さん」

そう呼びかけた瞬間、ふわりと彼の腕の中に抱き寄せられていた。

「やっぱり、飛んできた菜々子ちゃんか。ああもう。泣かんといてや……そんな顔されたら、うちに持ち帰って仕舞い込んで、どこにも出したくなくなるやんか」

二度と会えないと思っていた蒼真と再会し、その腕の中で泣いてしまった。だが、泣き止んだあと、『このまま蒼真の家まで連れて行かれて軟禁される』か、『菜々子の家に連れて行って軟禁される』かのありえない二択を蒼真に迫られて、妥協案の『洗いざらい白状する』に従い、菜々子の自宅アパート傍のカフェで話し合いをすることになっている。

菜々子と蒼真が移動してきたカフェの中は、秋の終わりの外からすれば天国のように暖かい。冷え冷えとしている街の景色を窓越しに見つめながら、菜々子はほっと息をついた。

「俺はココア。菜々子ちゃん、何にする？」

「……じゃあ私もココアで」

菜々子が注文すると、カフェの店員はそのまま席を立ち去る。甘党な彼がニコニコとおしぼりで手を拭いているのを見ながら、改めて菜々子は彼に尋ねた。

「……で。蒼真さん、なんでこんなところにいたんですか？」

一通り泣いて落ち着いたら、タイミングよく菜々子のアパートの傍の公園に来た蒼真のことが不思議に思えて仕方ない。この世界線の蒼真は、菜々子の家を知らないはずなのに。

というか、この男はやっぱりいろいろ怪しすぎる。

「こんなところって……えっと……偶然？」

尋ねるとにっこりと笑ってごまかそうとする。

「な、わけないじゃないですか」

「じゃあ、俺が菜々子ちゃんのストーカーやってことで……」

飄々とした返事に、じろりと睨みながら彼の表情を確認するけれど、笑顔のまま表情が変わらないから、嘘か本当かもわからない。

「……まあ、菜々子ちゃんの家ぐらいは調べようと思えばいくらでも調べられるんやけどね」

そういえば、この人は弁護士事務所に勤めていたのだった、と菜々子は思って、彼の言葉に妙に信ぴょう性が増す。

「じゃあやっぱりストーカー……」

「ってことにしておいてもらったらいいよ」

ストーカーを自称する男は温かくて柔らかい笑顔を見せた。怪しすぎるのに、その屈託のない笑顔にどうしようもなくほっとしてしまう自分がいる。

「で。今日は何があったん？　ちょろっと話してみたら楽になるかもしれへんで。意外といいアイディアもあるかもやし……」

邪気なく聞いてくる蒼真の笑顔は、菜々子から余計な緊張感を取り除いていく。今までの経緯を全部知っているのも蒼真だけだ。だから今菜々子が抱えている葛藤を理解してくれるのも彼しかいない。

（けど、この間はあんな風に別れを告げたのに……）

それでもいつもと変わらない笑顔を向けられると、気持ちの弱い部分にするりと彼が入り込んでしまって、頼りたくてたまらなくなる。それに芹香からの話で動揺していることもあって、事情説明をするくらいは許されるんじゃないか、とつい甘えたくなってしまった。

「ほら、遠慮せんと。てか俺も気になるしな。なんで菜々子ちゃんが泣いておったんか、とか。……なあ、俺の好奇心を満たして。このまま内緒にされたら、気になって夜も眠られへん」

冗談めかして、それでもぐいぐいと迫るように尋ねられると、あっけなく菜々子は陥落してしまう。

「あの……何度も巻き込んですまないんですが……」

「いいよ。菜々子ちゃんの事情なら、何度でも巻き込まれてあげるし。菜々子ちゃんが伽耶ちゃんと再会できるように手助けする。まあ引き換えに、後で一つだけ俺の願い事を聞いてほしいんやけど。……あ、エッチしよっていうのは言わんから安心して」

目がなくなるくらい、細めて笑う蒼真。そのいつも通りの変わらない笑顔にやっぱり安心するのだ。

「もう……蒼真さんにはかなわないなあ。……わかりました。……実は今日、時間を飛ぶ前のこの時期に、仲たがいしてしまった友人と会ってきたんですけど……」

気づくと蒼真と話をしながら、芹香との間で過去にあったことと、やり直せた今回の会話について、話していた。

元弥の誕生日の時に彼が会っていた浮気相手と、いまだに二股をかけた状態でキープされているらしい自分のこと。今の元弥の職場での態度。これから先の未来で、夫である元弥にとっていた自分の行動について、など彼の言う通り、洗いざらい話していた。

「なるほどね。……ったく、ほんまソイツ、ろくな男ちゃうなあ……」

菜々子の話を最後まで聞くと、眉を顰めて彼は呟く。ぐしゃりと前髪を掻き上げる仕草はいつも通りの彼の癖だ。

「一応、確認するんやけど。菜々子ちゃんはそれでも、伽耶ちゃんをあきらめる気はゼロやねんな」

「うん。なんかこれだけ元弥さんから気持ちが離れていると、子供を産むために、彼を利用するみたいで申し訳ない気もしているけれど」

菜々子が眉を下げて言うと、蒼真は菜々子以上に大きなため息をついた。

「ソイツに対して、申し訳がる必要は一切ないと思うんやけど。……まあ俺としては、菜々子ちゃんをあの男に一瞬でも預けるのなんて本当に嫌や。でもどうするか決めるのは、菜々子ちゃん自身やから。時を飛ばないといけないような辛い思いしたのも菜々子ちゃんやし、やり直すなら自分のために一番いい道を選んだらいいと思う」

ぽすぽすと頭を軽く叩かれて、ふっと力が抜けた。

「何より、菜々子ちゃんは伽耶ちゃんが一番大事なんやろ？　まあ言っちゃ悪いけど、その元弥って男に関しては、伽耶ちゃんと会うために利用したとしても、全然気に病むような奴やないし。向こうもエッチ一回できたら儲けもん、ぐらいの感覚やと思うで。ほんま、こんないい子に対して、もったいないと思うけど」

じっと彼が茶色い目で菜々子を見つめる。周りの人と違う薄い色素の瞳に、吸い込まれるような気がする。

「菜々子ちゃんが、自分の子供の命をこの世に生み出してあげたい、ってそう思う気持ちが一番大事やから」

と言った次の瞬間、視線をそらして、「経緯を考えると、正直めちゃくちゃ複雑な気持ちやけどな」と彼は吐き捨てた。冷えた空気にどうしようかと菜々子が思ったその時、カフェの店員がココアをもって二人のところにやってくる。

「はぁ……あまっ」

甘いココアに、もう一杯砂糖を入れる彼に呆れながら、菜々子もその温かくて甘いココアを口に運ぶ。

「本当だ、甘い……」

なんだか冷え切っていた気持ちが生き返るような気がする。なんとなく会話もせずに、温かいカップで指先を温めながら、二人でココアを飲む。

再び窓から見える景色に目を向けると、日は徐々に陰り、街路樹の銀杏がかすかに黄色く色づき始めていることに気づいた。蒼真と最初に出会ってから、もう季節がいくつ巡ったことだろう。菜々子の感覚では一つの季節ぐらいしか時間は経っていないのに、彼にとって菜々子のややこしい事情に巻き込まれたのは、もう一年半前。去年の春のことなのだ。

「ってことで、菜々子ちゃんの話、聞いてあげたし、俺の願い事も聞いてほしいんやけど」

そんなことを考えていたから、ついその恩に報いたいと思ってしまった。

「うん。伽耶に会えるように手伝ってくれるなら、できる限りのことは聞くよ」

だから何のためらいもなく、そう答えてしまったのだけれど。

「だったら、これから二か月の間、できる限り一緒に居よう」

「……え？」

思わずびっくりしすぎて、言葉が出ない。目を見開いて口をあんぐりと開けたまま呆然としていると、彼は嬉しそうに笑った。

「その男と付き合う邪魔もせぇへんし、ちゃんとばれへんようにするし。せめて、菜々子ちゃんが無事伽耶ちゃんを身ごもるまでは、傍で見守らせて。自分が関わった出来事が、どう収まるのか、自分の目で確かめたいんや」

冗談めかした言い方で聞かされた願い事だけれど、そう告げる彼の眼は真剣で、まぜっかえすこともできない。

「俺の願い事、聞いてくれるんやろ？」

「ちょ……そんなことっ」

ようやく声が出て、そんなことは無理だ、と言おうとする。けれど彼はいたずらっぽく笑って、菜々子の言葉をさえぎるように人差し指で唇に触れた。

「言うことを聞いてくれへんかったら、菜々子ちゃんが俺とエッチしたこと、あの男に告げ口するけど？」

「この期に及んで、脅迫？」

思わず彼を睨むと、彼は目じりを下げてにぃっと笑う。

「まあ、それだけ俺はこの願い事を譲る気はないってこと。もちろん、これから大事な時期やし、菜々子ちゃんにエッチなことしたりはしないって誓う。ほら、あれやろ、女性の生理周期ってやつがズレたらまずいんやろうし」

　言葉を重ねながらも、真剣な目の色は変わらない。菜々子が拒否すれば、元弥に菜々子と蒼真の関係を本当に告げに行くつもりなんだろう。そうすれば、菜々子が伽耶に再び会える可能性はぐっと少なくなる。

　蒼真は菜々子の唇をふさいでいた指を外して、じっと彼女の顔を見つめた。

「――ここまできて仲間外れにされたくない。そのクリスマスイブの前の日まで付き合わせてや」

　ふと彼の視線に耐えきれず、窓の外に再び視線を送ると、すでに日は暮れていた。外の景色の代わりに映るのは、愚かでわがままで、人を巻き込んでも伽耶との未来だけを考えている強欲な自分の姿だ。

「菜々子ちゃんの気持ちがどっちを向いているかなんて俺にはよくわかっているし、何が裏切りで、何が裏切りでないかなんてことは、価値観によっていくらでも変わる。あの男がしているのは明らかな浮気やけど、菜々子ちゃんが俺といるのも浮気だって言うんやったら、菜々子ちゃんにとっては最初から、娘ちゃんのことが最優先で、あの男のことなんてどうでもいいって思っているやろ。……俺のことも、伽耶ちゃんの存在に比べたら一段も二段も下の扱いやろし。菜々子ちゃんの思いは、最初から一つもブレてない。それをわかっていて一緒にいることを選んだ俺も、最初から菜々子ちゃんの『共犯者』や」

　そして鏡のように二人を映す窓では、強欲な自分の『共犯者』だと言ってくれている男性が、視線をそらしている自分をただまっすぐに見つめている。

「……わかった」

　もうここまで来たら、後戻りはできない。

　逆に蒼真の言葉で心が決まった。どんなに気持ちが揺さぶられても、蒼真とのことはこの二か月で終わらせる。

　そして元弥と同じかそれ以上の罪を背負った自分は、きっと気持ちだけ蒼真に残して元弥のところに向かうことになる。自分のことを好きだ、と言ってくれている蒼真も、多分傷を負う。それはきっと『共犯者』であることを選んだ彼の罰なのだろう。

　――それでも。

「全部私のわがままだから、一番厳しい罰は私が受ける……」

「そんなん、菜々子ちゃんに惹かれた時から、俺の罰は、俺が受けるって決まっているやろ」

　ぽつりとつぶやいた菜々子の言葉に、蒼真は眉を下げて答えると、菜々子の手を取る。

「――せやったら、作戦会議、せなあかんな」

　その言葉に、菜々子は言葉もなく頷いた。

第八章　二十七歳・冬

作戦会議、と言って彼が菜々子を連れてきたのは彼の部屋だ。

きっとこんな風に男性の一人暮らしの部屋に上がり込んでしまう自分は、元弥のことを責められない。いや、もう責めるつもりもないのかもしれない。

そういえば彼の家に来るのは二度目だ。この前は、時間を飛ぶために来ただけだったから、ほとんどベッドルームしか見なかったのだけれど……。

「これ、なに？　すごい本の数……」

リビング代わりの部屋は、どうやら書斎のように使っているらしい。本棚には分厚い法律関係の本がいくつも並べられていた。奥にある事務机には、端にバインダーに挟まれたプリントやら紙がたくさん寄せられている。机の中央には分厚い六法全書が鎮座していた。

「うーん、今、導入修習に追われてんねん」

「うん？　それって何？」

突然言われた耳慣れない言葉に問い返すと、さらっと今年の夏に司法試験に受かったと言われ、さらには年明け一月からは実務修習として全国の配属地で実習のようなことを行うのだ、と答えられて思わず声を上げてしまった。一年後には彼は正式に弁護士になるらしい。

「……司法試験に合格したって……ほんとに？」

「ほんまやで。これでも一応、法科大学院までは出てたんや。まあ出たのはええけど、いろいろあって、弁護士資格取るのも面倒になって、ふらふらしとったんやけど……。でも菜々子ちゃんに会って、いい加減、本気で受からへんとって、真面目に勉強し直すことにした」

にこりと笑って言うけれど、難関試験を受ける原動力が自分だなんて全然思えなくて、彼特有の冗談なんだと思うことにした。

「ふふふ、私がきっかけだったらすごいけど、出会ってからそんなに時間経ってないもんね」

菜々子のセリフに蒼真は切なそうな顔をして、眉を下げた。

「菜々子ちゃんの中ではそうかもしらんなぁ。……でも、俺からしたら菜々子ちゃんに最初に会ったのは、もう去年の春のことや」

そう言われて、菜々子は頭の中で時間経過を確認する。

「最初に会ったのが、去年の春で。その日に時間を飛んで。次のクリスマスから春までこっちにいて元弥さんの浮気があって、その後、昨日まで一気に時間を飛んでいるから。そうか……一年半以上経っているんだね」

「……最初に菜々子ちゃんに会って、仕事を頑張っているのを見て、なんだか眩しくて。だから俺は、菜々子ちゃんが姿を消してから、いろいろなことを中途半端にして逃げていたのが嫌になったんや」

彼の中では決意して努力して、結果を出すほどの時間が経っていたのだ、と改めて認識した。

「それで……。って蒼真さんって……意外と賢い人だったんだね」

「……そうは見えへんけど、って言いたげやな。まあ基本はアホやけどな」

どう考えていいのかわからなくなった菜々子はわざと冗談で返す。彼はくすくすと笑って、ダイニングテーブルの上を片付け始めた。そして「今日は俺が料理したる」と言って、ホットプレートを出すと、お好み焼きを作り始めたのだ。

「なあ、菜々子ちゃん。その皿、取ってくれへん」

その言葉に菜々子はキャビネットから皿を取り出して渡す。

「ほい、出来上がり」

ホットプレートから皿に載せられたのは大阪風のお好み焼きだ。

「うわ、ふわふわだ」

ソースの焦げた匂いと、揺れる鰹節、好みで青のりとマヨネーズをかけて箸をそっと入れる。蒼真はへらみたいなもので食べているけど。

「こっちの奴はお好み焼いている時に、すぐ上からへらで押さえたがるからあかんねん」

鼻に皺を寄せて本当に嫌そうに言うから笑ってしまった。

「で、味はどうや？」

「んんっ。おいしひ……」

お好み焼きは熱くて柔らかくて、つい舌ったらずな言い方で答えると、蒼真はそんな菜々子を見て、大笑いした。

「じゃあこの後、仕事はどうするの？」

「もともと法律事務所で働いていたし、修習を終えて法曹資格を得たら、そのまま新米弁護士として、そこで働くつもりやけど……」

「そういえば、さっき、法科大学院まで出て、途中で弁護士になる気失ったみたいなこと言っていたけど、何かあったの？」

よく考えたら、蒼真自身のことはろくに知らないのだ。法律事務所で仕事をしていること、実家が大阪にある、ということぐらい。

「あー。うち、父親が大阪で法律事務所してるんやけど、弟が大阪の法科大学院出て、すでに弁護士資格取得済みやし、そっちは向こうが継ぐし、別に俺が弁護士資格取る必要もないんちゃうかな、みたいな」

一枚食べ終わると、またお好み焼きの生地を混ぜながら、彼はそう答える。作り慣れているのか、豚のばら肉を焼くと、その上に生地を流し込んでいく。

「まあ、学生のころはなんも考えんと、法学部に進学して、弁護士資格取るのが当然、みたいな感じで。けど、いざ司法試験ってなったら、妙にしらけてしもたんやな」

「……もしかして、蒼真さんはご実家とあまり仲が良くないとか？」

この間実家には帰らない、と言っていたではないか。ふと気になって尋ねてみると、彼はうーんと唸りながら、ビールを一口飲む。

「うち、弟と俺で、母親がちゃうねん。俺の母親は俺を生んだ時に亡くなったらしいわ。……けど俺と弟は学年で言うと年子になるんや」

「……え？」

子供を妊娠して出産するまでの時間を考えると、蒼真の父親は、妻と死別後、比較的早い時期に再婚したということだろうか。ふとそんなことを考えていると、蒼真は肩を竦める。

「まあ、俺が赤ん坊だったころの話やから、真実はわからへん。義理の母親に差別されて育った記憶もないけど、小学生のころに、親戚からそんな話をされて……。そう言われるとあの家では俺だけが他人なんやなあって感じで……。そんなんに気づいてからはあんまり家に帰りたくなくなってしまってん。……暗い話でごめん」

彼の言葉に思わず菜々子は顔を左右に振っていた。もしそうだとしたら、菜々子が伽耶のことで必死になっているのも、彼の何かしらの感情を刺激したのかもしれない。

「そか……。でもちゃんと資格取ろうって思えたんだったら、よかったかな。せっかくそこまで勉強したんだもんね」

　そうとしか言いようがなくて、菜々子は鉄板の上でジュウジュウと音を立てて焼けていくお好み焼きを見ている。

「それも菜々子ちゃんのおかげやけどな。……ってそろそろいいかな。ほな、返すで」

　それまでの空気を変えるように蒼真は片手に持ったへら一つだけで、お好み焼きをひっくり返す。

「お、上手すぎるやろ。さすが俺」

「自分で自分を褒めていくスタイル？」

「そうそう。代わりに菜々子ちゃんがめっちゃ褒めてくれてもいいで」

「はいはい、美味しそうだね。……食べてもいい？」

「おざなりに褒められても嬉しないわっ。まあ、ええけど」

　菜々子が答えると、蒼真は綺麗に返ったそれに、ソースとマヨネーズをかける。そして再び二人で切り分けて食べ始めた。

「で。作戦会議やけど、以前と基本的な方針は変更はせぇへんの？」

　蒼真はお好み焼きを口に運びながら、菜々子に話しかける。

「うーん、そうだな。少なくとも仕事は絶対にやめない。元弥さんに何を言われても、産休取って続けるつもり」

「せやな、その方がいいよな。いざという時の保険は大事やし。それにアレは浮気やめられへんタイプやろ」

「……もうちょっと前向きに考えてもらえないかな」

「悪いけど無理やね。俺は恋愛については深くて狭いタイプやから、ああいう男は理解でけへん。菜々子ちゃんもどっちかっていうと、俺と同じタイプやろ？」

「まあ、女性はそういう人多いんじゃないかな」

お好み焼きは表面がさっくり焼けていて、中はふわふわで柔らかい。ソースとマヨネーズの味が一緒になって食欲をそそる。ビールで流し込むとスッキリするからいくらでも食べられそうだ。

今朝からまったくなかった食欲は、ポジティブな共犯者を得て、少し復活したらしい。

「まあ気は進まへんけど、妊娠したらとりあえずは結婚した方がいいかもね。まあ無事、妊娠した時点で、俺が伽耶ちゃんごと菜々子ちゃんを引き取るっていう、もっといい方法を俺は提案したいけど」

それは伽耶を妊娠中から、蒼真のところで生活できるということだろうか。その話は本当に魅力的で、一瞬頷きたくなってしまう。でもそれはいくら何でも元弥に対して失礼だと思うから。

「ありがとう。でも私、今度こそ元弥さんといい夫婦になれるように頑張る。伽耶にとってもやっぱり父親と一緒にいられるのが一番いいと思うし。時間を飛ぶ前、私、元弥さんのこと、なんでも受け入れてしまっていたから、それもいけなかったんだと思うのだよね」

　その言葉に蒼真は小さく肩を竦める。

「菜々子ちゃんは悪ないで。そんな風に思ってしまうと相手をつけあがらせるだけや。菜々子ちゃんを傷つける発言があった時は無視したらいい。冷静になってから話し合う。あと男が手を上げたら最後や。普通の男はカッとしても女に手を上げようとは思わへん。ソイツとやり直そうって思っていても、それされたらすぐ逃げ出さなあかん。子供に暴力振るわれる前にな」

　ビールを飲み干して、彼ははぁっとため息をついた。

「何があっても仕事は続けること。産休と育休は働く人間の権利や。きっちり取ったらいい。経済的に詰んだら、人間、余裕なくなってまうし。離婚してても金銭的にやっていけるって思ったら、無茶言ってくる相手に対しても弱気にならんですむ」

「うん……」

「あとこっちに妹がおるんやっけ。あの男が菜々子ちゃんに、家族とか友人と連絡を取らないように言ってきても無視しぃや。自分の味方は、しっかり持っておかないと」

「うん……」

「孤独に追い詰めて自分しか頼る人間がいないって思わせんの、モラハラ夫の常套手段や。あと機嫌が悪そうに見えても、無理して機嫌を取ろうとしないこと」

「……わかった」

　彼の話を聞いていると、元弥がつくづく問題だらけの男性なのだと再認識する。それでも上手くやっていかないといけないと思って蒼真の言葉に頷くと、彼はぐさりとお好み焼きに箸を突き立てた。

「ほんまは菜々子ちゃんをあの男のところに行かせたくない。けど……そう言っても譲らへんのやろ。せやったらせめて、本当に困った時は俺に連絡してや。……何があっても助けに行くから」

なぜか彼の方が泣きそうな顔をしている。だから菜々子は笑って答えるより仕方ない。

「……だったら、蒼真さんに連絡取らないで済むように頑張る」

わざと突き放して答えると、彼は小さく苦笑を浮かべた。

「あー、ほんま菜々子ちゃんは可愛くない。可愛くないし……やっぱ凶悪や」

そう言うと、彼はビールを一気にあおる。

「今夜は俺、やけ酒するから。酔いつぶれたら、菜々子ちゃん面倒みてな」

ちらりとこちらに視線を向けて、ほんの少し甘えるように笑うから、菜々子はズキリと痛む胸をそっと抑えて笑い返した。

「本当に面倒な人だなあ」

「面倒で悪かったな」

「……ごめんね。面倒かけているのは私の方だよね」

ぽそりと答えると、彼はそっと菜々子の前髪を撫でる。

「好きな子に面倒かけられるのは、俺、結構、嬉しいんやけど。せやから、これからもずっと……俺に面倒かけてや……」

　小さな、小さな声で言われた彼の言葉を、菜々子はあえて聞こえないふりをした。

「……おはよ」

「…………おはようございます」

　なぜかめちゃくちゃいい笑顔で、朝の挨拶をされて、菜々子は思わず瞬きをしてしまっていた。

　お互い服こそ着ているものの、寝ているのは自分のベッドではなく、一度だけ使ったことのある蒼真のベッドで、当然のように横に寝ているのは蒼真で。

（……ちょっと待て、私、昨日、何をした？）

　一瞬背筋に冷たい汗を感じる。

　昨日お好み焼きをつまみに飲んで、その後何かしら適当なものを焼いて、それを肴にさらに飲んで酔っぱらい、途中からあまり記憶が定かでない。

「菜々子ちゃん、昨日も色っぽかったで」

　視線を合わせたまま、蒼真はハートマークがつきそうな艶っぽいため息をついているけど、目の奥が笑っている。どうやらからかわれているらしい。それに……。

（彼とそうしたのなら、時間を飛んでしまっているはずだし……）

　枕元にあるデジタルの時計は、昨日から一日しか過ぎてないことを菜々子に知らせる。

ということは、昨夜は何もなかったのだろう。

『……今、俺、菜々子ちゃんのこと、めっちゃ抱きたい……。けど抱いていなくなるくらいやったら、何もしないで傍にいられる方がいい……いてくれる、だけでいいから』

ふと、酔っぱらって菜々子を抱えたままベッドに転がり込んだ彼が、耳元で囁いた言葉が脳裏に蘇る。そっと額に落とされた口づけと、どこにも行かせまいと菜々子の体をきつく抱く彼の腕。切なげな声と熱っぽい吐息を思い出して、一気に体温が上がる。

「ん？　菜々子ちゃん、何考えておるん？　俺は……朝、菜々子ちゃんが普通に横で寝ていてくれているのがめっちゃ幸せやな～って……って菜々子ちゃん、昨日のこと、忘れてへんよね？」

「……さんざん飲んで、けど何もなかったことはちゃんと覚えています」

昨夜の彼のセリフをはっきり思い出してしまったから、蒼真の今の言葉の威力が半端ない。顔が赤くなるのをごまかすように言い返すと、彼はにぃっと口角を上げて笑った。目が糸みたいに細くなって本当に嬉しそうに笑うから、またきゅっと胸が痛くなる。

「……よかった。いつもの菜々子ちゃんや」

ちゅっと額にキスを落とされて、そっと頬を撫でられる。さりげなく抱き寄せられて、彼の胸に顔が落ちる。

「って安心したところで、もう少し寝よか」

「……え？」

さっき時計を見たら、九時近かった。慌てて身を起そうとするとそのままベッドに引っ張り込まれる。

「はい、菜々子ちゃん、ねんね～」

雑に布団にくるまれて、動きを封じられる。

「ねんねしないと、ちゅーするで」

そう言いながら、額に頬に、あごの先にまで唇が落ちてくる。挙句に耳朶までかじられて、くすぐったくて身をねじった。

「ちょっ……蒼真さんっ」

「菜々子ちゃんは、めちゃ美味しいな」

「やめて～。くすぐったい」

言いながらお互いにくすくすと笑ってしまう。心が温かくて、幸せで。

これ以上目を開いていたら涙が零れそうで、そっと目を閉じて、眠たいふりをして、目元を拭う。

「……ほら、まだ寝足りないんやろ。もう少し寝ようや」

目を細めて笑った彼が、まだ収まりきらない涙を唇で拭う。

「もう、仕方ないなあ……」

そう言いながら彼の胸に顔を擦り寄せて、目を閉じたまま石鹸とかすかなシトラスの香りを嗅いで深く息をついた。彼の腕の中は、幸せで、安心できて……。

「俺も菜々子ちゃんと一緒に寝よう」

そっと額にキスを落とすと、彼は菜々子の背中をとんとんとゆったりとしたリズムで撫でる。温かくて気持ちよくて……気づくと意識が睡魔に溶けていく。

「……こうやって、ずっと俺の腕の中にしまっておけたらええんやけどなあ……」

ぼそりと漏れた、かすかな独り言を聞きながら、菜々子はゆっくりと優しい眠りに身を任せた。


それから週に一度は作戦会議と称して、蒼真と会うことになった。二人の関係が他の人間にばれるとややこしいからと言いくるめられ、毎回蒼真の家に上がり込む。飲みながらの作戦会議の後は、そのまま酔いつぶれて、彼の部屋に泊まってしまうこともあった。

けれど蒼真は菜々子に手を出すことはなかったので、そんな自分をずるいと思いながらも、彼の腕の中で不安な心を慰めてもらいながら、きっと最後になるであろう一緒の時間を過ごしていた。


そんな不道徳で切なくて、ずるい生活をしていた十一月の中頃。久しぶりに元弥とデートに出かけた帰り。菜々子は普段使っているターミナル駅のホームで元弥と立ち話をしていた。すでに食事を終えて、帰宅の途を急ぐ人が多い時間で、ホームの端は暗くてあまり人もいない。

元弥とは平日の夜の電話が時々と、月に一度ぐらい土日のどちらかにデートする感じで、一時に比べると少し距離を置かれている気がする。この間の件で、芹香から菜々子が浮気についての話をされなかったことに安心して、例の沙里という女の子と自分を両天秤に掛けて遊んでいるのかもしれない。

(こんな感じで……ちゃんとクリスマスイブに、予定通り誘ってくれるのかな。向こうの子を誘っていたらどうしよう)

菜々子は徐々に不安になっていた。だがその日のデートの終わり、ふと会話が切れた瞬間、元弥が菜々子の顔を覗き込んで微笑みかけた。

「ねえ、菜々子。クリスマスイブって空けてくれているよね」

「……クリスマスイブ？　誘ってくれるの？」

ずっと心配していたからこそ、その誘いを元弥から受けた菜々子は弾んだ声を上げていた。そんな彼女を満足げに見て、元弥は頷く。

「そう、菜々子のためにホテルディナーを予約したんだ。俺と菜々子が出会ってもう一年になるんだなあって思ってさ。記念日だから奮発した」

にこりと笑いかけて、彼はそっと菜々子の手を握る。

「そうか。そういえば……そうだね」

「だから記念になる一日にしたいなって俺、思っててさ。……そのまま一晩中、菜々子と一緒に過ごせるように部屋も予約した……」

窺うようにちらり、とこちらに視線を向ける。普段の菜々子なら思わず赤くなって下を向いていただろう。

（ああ、こんなところまで記憶と一緒だ……）

でも伽耶を授かった時と同じように、今回もクリスマスデートに誘われた菜々子は、恥ずかしがる代わりに心底ほっとしてしまった。

（これで、予定通り伽耶を授かることができる……）

じわりと歓びがこみあげてくる。

「あっ……あの」

さすがに満面の笑みで返すわけにもいかなくて、表情をごまかすために握られていない側の手で口元を覆う。それから、落ち着くように大きな息を吐き出してから、ようやく顔を上げた。

「……はい。楽しみにしてます」

そう答えると、元弥はその言葉をじっくり確認するように、菜々子の顔をじっと見つめてから、にこりと優しげな笑顔を向ける。

「ああ、よかった……振られたらどうしようって思ってたんだ」

嬉しそうに首を傾げて菜々子の顔を見つめながら微笑む様子は、優しくて気遣いのできる理想の恋人そのものだ。

（あの時は、こんな元弥さんの表情を見られて、すごく幸せだったんだよね。だから次の

クリスマスに、元弥さんと初めての夜を迎えようって決心したんだ）

今も嬉しい気持ちはある。ただそれは、伽耶に会える喜びであって、元弥と過ごせるという喜びではないことを菜々子は自覚している。

「菜々子……」

そっと抱き寄せられて、目を閉じた顔が近づいてくる。このくらいの時期には、恋人らしくキスぐらいは普通にしていたと思う。

けれど本能的に彼とキスをすることに違和感を覚えてしまっていた。ほぼ無意識で、彼の胸を押して距離をとる。

「……どうしたの？」

「ごめんなさい。ちょっと風邪気味っぽいから、移したら悪いかなって……。だってこれから年末まで忙しいんでしょう？　クリスマスのデート楽しみにしているから、体も大事にしてね」

にこりと笑って言うと、彼は目を細めて照れたように笑う。

「菜々子は優しいね。確かに風邪とか引くと、後が面倒だからな。だったら冷えないうちに家に帰った方がいいね。それじゃあ、また！」

それだけ言うと、ホームに入ってきた電車に彼は乗っていく。菜々子はいつも通りその姿を見送ってから、自分の乗る電車のあるホームに歩いていく。

（どうなるかと思ったけれど、無事、伽耶を授かるクリスマスイブの夜に繋がっていきそ

う）

そう思って安堵しているはずなのに、なぜか胸がずっと痛い。ふと蒼真の顔を見たくなってしまった。帰り道の途中の駅で降りれば、彼の家まではさほど遠くはない。

「そうだ、今日のこと、報告しておかないと」

自分に言い聞かせるように呟くと彼の家に向かう路線の電車に乗り、未来で元弥と暮らしていたマンションがある駅に降りて、反対側の改札口を出る。歩いていけば蒼真の住むアパートはすぐそこだ。

「……あれ？」

だが彼のアパートの前で、話をしている男女の姿を見かけて、思わず足を止めてしまった。何か言い争っている様子だけれど、どんな話をしているかよく聞こえない。

（あれ、蒼真さんと……女の人？）

街灯の光が二人を映し出しているだけで、ストレートロングの女性は後ろ姿なので表情はわからない。けれどこちらを向いている蒼真の表情は見て取れた。

突如女性は、ぎゅっと蒼真の手を握る。けれど、蒼真はその手を振り払うこともなく、じっとその女性の顔を見つめ、何かを冷静に告げているようだった。

この二人はどういう関係なのだろうか。もしかして、この人は蒼真のことが好きなのだろうか、そう想像した瞬間、心臓の辺りがきつく締め付けられるような気がした。

（私、何しているんだろう……）

菜々子が伽耶を最優先にして、自分の人生を選んでいるように、蒼真には蒼真の人生があるのだ。蒼真が優しいからつい頼りたくなるけれど、彼は彼の幸せを求めて生きていくべきじゃないのだろうか。

ふと、この間お好み焼きを一緒に食べた時の話を思い出す。自分にとっては彼と出会ってからはそれほど長い時間は経っていない。けれど、時間を飛ばない彼にとっては、一年半に及ぶ時間が流れているのだ。

その間に彼が自分自分の人生すらやり直そうとしたほどの貴重な時間が……。

(そうか、私。自分の都合で、蒼真さんの大切な一年半もの期間、振り回しちゃったんだ)

蒼真と一緒に居たら幸せな気持ちがするし、安心する。

だけど一か月後には、伽耶を求める菜々子は、元弥を選ばざるを得ない。自分は何を犠牲にしてでも、伽耶をもう一度産みたいと思っている。それだけはどうやっても覆すことのできない菜々子にとって唯一無二の選択なのだ。

蒼真を選べない自分が、彼の貴重な時間や出会いや、人生におけるいろいろなチャンスを奪ってはいけないのだ、と改めて思い知らされた。

彼らの様子を見ながら、自然と菜々子の足は一歩ずつ後ずさる。蒼真がそっとその人の肩に触れたのを見て、菜々子は慌てて踵を返し、それから振り向くことなく駅の方向に歩き始めた。

駅にたどり着くと、そのまま改札を通らず、駅の向こう側に出る。夜遅いので、半分以上の店が閉まっている商店街を抜けて、信号を渡った先にあったのは……。

「……もうマンションが建っているんだ……」

まだ完成しているわけではないらしいが、そこにあったのは、菜々子が元弥とともに生活をしていたマンションだ。自分たちの部屋があった場所を見つめていると、ふと未来の記憶が蘇った。


「ほら、おうちについたぞ。ずいぶん遅くなっちゃったなあ」

伽耶を抱いてマンションまで戻ってくる元弥の表情。あのころにしては珍しく、柔らかく笑顔を浮かべている。

菜々子が過去に飛ぶほんの一か月ほど前。突如元弥が菜々子と伽耶を連れて人気のテーマパークに行こうと言い出したのだ。

菜々子が手に持っているのは、遊園地のお土産袋。久しぶりにパパと一緒にお出かけできて、伽耶は一日中興奮していた。電車で少し寝て、だから家に帰るころにはまた目覚めて元気でご機嫌もよくて……。

「伽耶、今日は楽しかったか？」

元弥の声に、伽耶は嬉しそうに笑う。その二人の様子を見ていて、菜々子まで心から温かい気持ちになった。

「おうちに帰ったら、歯を磨いてお風呂に入ろうね」

早く寝かしつけないと、さすがに生活リズムが崩れそうだと思いながらそう声を掛けると、伽耶はパパの首筋にギュッと抱き着いたまま、菜々子に笑顔を向けた。

「ママぁ、くましゃん」

「いたねえ……」

「くましゃん、かあいー」

「可愛かったねえ」

黄色くてはちみつが好きなくまは、伽耶のお気に入りのキャラクターなのだ。伽耶の舌足らずなしゃべり方が可愛いと思いながら、思わず笑みが零れた。その頭をそっと撫でる。柔らかい髪と温かい肌が、菜々子に幸福感を与えてくれる。

ふわふわで柔らかい伽耶。頭を撫でられただけで、幸せそうに満面に浮かべた伽耶の笑みを見ているだけで、心がぽかぽかする。

「伽耶ちゃんは本当に可愛いねえ」

思わず零れた言葉に、伽耶が嬉しそうに笑う。

「あーと。まま、かわいー」

世界で一番無垢な微笑みに、胸が切なく締め付けられる。

一歳半を過ぎたあたりから、伽耶は二語が話せるようになり、可愛らしい声で、いろいろなことを話すようになったのだ。ぎゅっと抱きしめてくれて、『まま、しゅき』と言ってくれた時の喜びが一気に胸にこみあげてくる。

（そうだ、私は伽耶を迎えに行かないと……）

自分にとって伽耶が世界で一番大事な宝物で、何物にも代えがたくて、何よりも優先すべきものなのだ。先ほどの街灯の明かりに照らされた、蒼真を思い出す。

彼とあの女性との会話が何についてだったのか。自分のことを好きだという蒼真の言葉を疑ったりはしないけれど、彼にも彼の人生があるのだ。

そして自分には自分の、伽耶の母親としての人生があるのだ。

（もともと、こんな風に交わるはずのない人生だったのだもの……）

「全部悪いのは私だし、罪を背負うのも私だけで十分。……共犯者なんて不要だよね」

関係のない人生に、蒼真を巻き込んではいけない。今だって、彼は毎日課題をこなしていて、これから多くの人を救う仕事に就く予定なのだから。

もともといなかったはずの自分が消えれば、彼は元の人生に戻っていくだろう。

はぁっと深いため息をついて、メールを立ち上げる。

『今日、元弥さんからクリスマスイブに誘われた。これでちゃんと伽耶を迎えに行けると思う。だからもう大丈夫。これから先は自分一人で頑張るから。今度こそ本当に蒼真さんとお別れします。今まで、ずっと助けてくれて、本当にありがとう。さようなら』

つい、いつもみたいに『またね』とつけたくなる。でももう『またね』はないのだ。

これから元弥と伽耶と一緒に暮らすことになるマンションを見つめながら、それだけの文章を打つのに何度も何度も見直して、それから菜々子は唇をきつく噛み締めたまま、送信ボタンを押すと、全身の力が抜けて、その場にしゃがみこんでしまった。

　そんな菜々子を遠目に見て、酔っぱらっているのかな、などと話しながら、カップルらしい二人が通り過ぎる。

「あーあ、送っちゃった。……蒼真さん、怒るだろうな」

　感情が荒れ狂って、涙が浮かびそうになるのを必死でこらえる。きっと彼は菜々子からの別れのメールに怒りを覚えるだろう。彼から返信が来る前に、菜々子は蒼真の連絡先を消した。そして最後の気力を振り絞って、携帯電話の電源を落とす。

（このまま携帯の番号を変えちゃえば、蒼真さんから私には連絡できなくなる……）

　家は知っているけど、もう二度と行かない。彼も菜々子の部屋を知っているらしいけれど、ここまでしたら、多分訪ねてはこないような気がした。

（作戦会議だって、もともとクリスマスイブまでの予定だったたし……）

　明日は休みだ。朝から携帯番号を変更しに行こう。蒼真との関係を完全に断つために。

　――早く家に帰って、寝なければ。

　そう思いながらも、菜々子は寒空の中、道端で足を止めたまま、その場から歩き出すことができなかった。

第九章　二十八歳から二十九歳の間

――そんな簡単に人生が変わるわけがない。

そう思っていた通り、人生は菜々子の都合のよいようには変わってくれはしなかった。

菜々子はちらりと時計を見て、ため息をつく。

クリスマスイブを元弥と過ごした菜々子は、無事、伽耶を妊娠した。いろいろごたごたしつつも元弥と結婚し、例のマンションに引っ越して、伽耶を産んだ。

ちなみにあの日、元弥と結ばれたが時間を飛ぶことはなかった。それからは一つ一つ過去の出来事を繰り返しながら、最後に蒼真にメールを送ってから一年後の冬を迎えていた。九月に生まれた伽耶はもうじき生後三か月になる。

「……元弥さん、今日も遅いなあ……」

時計が指し示している時間は、すでに二十三時を過ぎている。

（……また女の子と遊んでいるのかな）

結局、菜々子が妊娠してからも、結婚し出産してからも、元弥の女性関係は乱れたままだった。しかもあまり隠すのが上手くないのか、それとも菜々子のことを馬鹿にしているのか、彼の浮気の気配は明白で、妄信的に元弥を信じていた過去の菜々子とは違って今の彼女には、その痕跡がありありとわかってしまう。

　何度かその話をして、生活を改めるようにやんわりと言ったのだけれど、けして彼は浮気を認めなかったし、それどころか、自分が仕事で遅くなるのは、菜々子と結婚し、伽耶が生まれたせいだと言い張り、改善する見込みもない。

（やり直してよかったのは、仕事を辞めなかったこと、くらいかなあ）

　蒼真に言われた通り、会社は退職しなかった。職場で交渉した結果、無事同じ部署に復帰する予定で、産休と育休を取ることもできた。今まで菜々子が仕事を一生懸命頑張ってきたおかげだ、また戻ってきてほしい、と直属の上司もそう言ってくれた。

　自分たちにとってもよい前例になると、後輩たちも喜んでいたし、復帰する日を楽しみにしている、と言ってもらえた。

　そうして七月に産休に入った菜々子は、九月に無事出産の日を迎えた。生まれたばかりの伽耶は光り輝くようで、愛おしくて可愛くて……。どんどん成長してしまうのを知っているから、一瞬も目を離せない。

　だからやり直しても、同じ人生を選んだことに後悔はしていない。

　仕事を辞めなかったことで、元弥にはいろいろ言われたが、けして譲らなかった。現在は産休後に育休を取って家にいるが、元弥を信じられない菜々子は、予定より早く、次の春から仕事に復帰しようと考えていた。

その時、ガチャリと玄関の鍵が回った。元弥の機嫌よさそうな声がする。

「おかえりなさい。お疲れ様でした。遅くまで大変だったね」

だが、迎えに出た菜々子の声を聞いた瞬間、元弥はムッとした顔になった。

「まだ起きてたのか。遅くなったって……仕方ないだろう。仕事だからな」

そう言えば何でも通ると思っているのだろうか。赤い顔はお酒を飲んだことが丸わかりなのに。

「ああ、そういや、二十四日、俺、忘年会だわ」

そう言われて、菜々子は目を見開く。

「……クリスマスイブに忘年会？」

平日の水曜日だ。わざわざそんな日に忘年会をする会社は少ないような気がするが。

「仕事だから仕方ないだろう！」

菜々子にコートを預けると、いろいろ追及される前に先制攻撃をしかけるように、強い語気で言い返された。

「あーあ。主婦になるとだらしない恰好して、こうやっておばさんになるんだな、女って」

足の先から頭のてっぺんまで、品定めするようにじろじろと見られて、とっさに菜々子は自分の姿を見返す。髪は短く切り、夜中に授乳しやすいようにゆったりとしたパジャマを着ている。確かにリラックスしている恰好だけれども。

（そんなこと言ったって、もう寝る時間だし……）

誰と何を比較しているのか、と一瞬黒い感情が胸に湧く。どちらにしたって菜々子たちが眠る寝室には、元弥は入ってこない。伽耶と一緒の寝室だと夜中に起こされると言って、元弥は一人で寝ているのだ。夜中にこそこそと甘ったるい声で電話をしていたりするのも知っている。

はぁっと呆れ交じりのため息をついて、菜々子はコートを掛けに行く。ふわりと漂った女性の香水の匂いに苛立ちがこみあがってきた。

「伽耶との初めてのクリスマスイブより、女の人と遊びに行く方が大事、なんだよね」

ほぼ確信のようにそう思ってしまう自分にため息をつき、ゆっくりと重たい体を引きずりながら、菜々子は伽耶の眠るベッドに戻っていく。

ぐっすり眠りながらも、ちゅっちゅっ、おっぱいを飲む時のように唇を動かしている娘を見て、思わず笑みが零れた。元弥と対峙していた時に入っていた力が抜けて、ふわりと気持ちが温かくなる。

(こんなに可愛い伽耶より、女性と遊ぶ方が大事なのかなあ。元弥さんは……)

きっと自分と元弥は魂から違っているのだ。それでも伽耶を産みたくて自分でこの人生を選んだのだから。

その言葉に嘘はない。それなのに、時折、胸がきしむように痛くなる。そんな時に限って、菜々子の心の中で声が聞こえるのだ。

『これから俺は、菜々子ちゃんに呪いをかける』

記憶の中で普段は優しい茶色の瞳が鋭く菜々子を見据える。

『最後になるんやったら、これから一晩掛けて、いっぱいエッチしよう。そんでもって、菜々子ちゃんの体が、ちゃんと男に大切に愛されることを知っている体、に変わってしもたらいいと思う。愛されてするエッチじゃないと、感じない体に、ね。そうでないと違うって、自然とわかってしまう体になるように、俺が菜々子ちゃんに呪いをかけたる』

菜々子の中で、呪いは未だに生きている。元弥に愛されていない、ということは元弥と視線が交わるだけで、触れられなくてもわかってしまう。

以前伽耶を妊娠した時と同じように、妊娠してお腹が目立つようになったころからずっと、産後も元弥は菜々子には触れようとしなかった。そしてお腹が目立つ前も、蒼真とならあれだけ感じられたのに、常に菜々子より優位に立ちたい元弥とでは、感じるどころか、触れられる行為をするたびに心の扉を閉ざしていく一方の自分に気づいていた。

それは溺愛されながらも、徐々に注ぎ込まれていた蒼真の呪いの所為で、相手に愛されているのかが、触れられただけでわかってしまうからなのだろう。

(上手くやり直し、なんてできるわけもないのかな)

そう思いながらも、せめて家族として、元弥とやり直せる機会がないかとあきらめきれないでいる。何より……。

(伽耶にとって、良い父と母になりたい)

そんな幻想を捨てられないのだ。

(外に出て、また仕事を始めたら元弥さんの私を見る目が変わるかな。少し身ぎれいにしたら、出会った時みたいに大切にしてくれるのかな……)

だが菜々子が仕事をしていたころから、平然と浮気を繰り返していた男だ。変わるなんてこと、奇跡でもない限りありえないだろう。

半ばあきらめの感情を持ちながら、菜々子は伽耶の眠る隣に横たわった。

その後、伽耶を保育所に預け、菜々子が四月から仕事に復帰し始めると、元弥はさらに荒れるようになった。

「お前が仕事を始めてから、家が散らかりっぱなしだな」

日曜日の午後。そんな風に嫌味を言われて、菜々子は伽耶を抱きながら、部屋を見渡す。

(ソファーに元弥さんの上着、机の上には元弥さんが飲みかけで放置しているカップ。床の上にカバン。ああ、CDも出しっぱなし……)

正直、全部散らかっているのは元弥のものばかりだ。

「同じように仕事しているのだもの。元弥さんも自分のものぐらい、自分で片付けてほしいんだけど」

時短とはいえ、産後半年で仕事に復帰し、家事に育児に毎日追われている。菜々子も疲れているのだ。

「そもそもここにあるのは、全部元弥さんが散らかした物ばかりだよね」

「は？　意味がわからねぇんだけど。片付けるのは主婦の仕事だろう？　俺はこうなることがわかっていたから、お前に仕事を辞めろ、家に居ろって最初からずっと言ってたよな」

　その言い方にカチンとくる。今は時短勤務だが、それでも菜々子も仕事をし、家計を支えている。そのうえ家事をし、育児もしているのだ。

　しかもフルタイムで働いている元弥と、時短で働いている菜々子は同じだけの給料を家計に入れている。同じだけのお金を払っているのに、なぜ自分だけ負担を強いられるのか納得いかなかった。

「全面的に私一人に家事を押し付けるなら、私、家計にお金入れなくてもいいよね」

「は？　本気で意味が分かんねーんだけど。なんでお前が家計に金、入れなくていいと思ってんだよ」

「だって、元弥さんの話だと、私一人で完璧に家事をして、育児をして、仕事もして、それで元弥さんと同じだけお金も家計に入れろってことだよね？　夫婦で家事育児を半分ずつ負担するか、私が家計に入れるお金を減らすようにしないと平等じゃなくない？」

　菜々子の言葉に、一瞬で顔を赤くし激昂した様子の元弥が声を荒らげた。

「お前はいちいち理屈っぽくて可愛くねえんだよ。一回ヤっただけで、あっさり妊娠するし。もったいぶった割に処女でもなかったしな。そもそも俺は子供はいらなかったんだ。いい歳して避妊用にピルも飲んでなかったとか、マジで頭足りねぇ女だよな。……あぁあ、仕方ないからお情けで結婚してやったのに！」

その言葉にかぁっと頭に血が上る。

「私のことはいい。けど、伽耶が生まれたことだけは、否定しないで！　貴方の血を引いた、貴方の子供なんだよ！」

「だから、そんなの、いらねぇって言ってるだろ！」

菜々子の言葉にカッとした元弥はとっさにこぶしを握って振りかざす。その視線の先に伽耶がいた。小さな我が子に振り下ろされる前に、元弥に背中を向けて菜々子は伽耶をかばった。

それが気に食わなかったのか、容赦なく菜々子の背中にこぶしが振り下ろされて、その痛みと衝撃で、伽耶を抱いたまま床に座り込んでしまう。強く殴られて呼吸ができない。

「邪魔なんだよ。お前らなんて、俺の人生にいらねえんだよ」

暴力に慣れてない菜々子にとっては、突然始まった夫からの暴行は痛いより苦しくて、体が委縮して逃げ出すこともできない。伽耶をかばい座り込んでしまった菜々子の背中を、元弥は激昂（げきこう）したまま、何度も足で蹴りつけた。

体が折れそうになって、潰してはいけないと、とっさにソファーと自分の体の間に伽耶を入れてかばう。蹴られた衝撃で、ソファーの添え木に顔をぶつけた。

その後も背中を蹴りつけられるたびに息が止まる。衝撃と恐怖で上手く息ができずに唾液で口元が汚れた。痛みと苦しさで涙が溢れてくる。そんな菜々子の様子に、びっくりして泣き出した伽耶の声で、ハッと元弥が動きを止めた。

「うるせぇな。ソイツ泣き止ませろ」

　怒鳴ると、リビングの扉から外に出ていこうとして、次の瞬間振り返る。

「……今回のこと、誰にも言うなよ。余計なこと言えば、お前の代わりにソイツにするぞ！」

　それだけ言うと、元弥は荒々しい音を立ててリビングの扉を閉め、家を出ていく。菜々子は伽耶を抱きしめたまま、過ぎ去った恐怖と安堵にぽろぽろと涙を零していた。

「伽耶、怖かったね。……でも大丈夫だから。……ママがどんなことしてでも、伽耶を守るから……ね、伽耶、泣かないの……」


　それからどれだけ時間が経ったのだろうか。伽耶が先に泣き止んで、疲れたのか眠り始める。菜々子はベッドで眠る伽耶を見ているうちに、ゆっくりとものを考えられるようになっていた。

『男が手を上げたら最後や。普通の男はカッとしても女に手を上げようとは思わへん。ソイツとやり直そうって思っていても、それされたらすぐ逃げ出さなあかん。子供に暴力振るわれる前にな』

　ふと蒼真の声に、元弥の捨て台詞が重なる。

「ここ、出ないと。伽耶が危ない」

　こんな小さな伽耶に手を出そうと考える人間とは一緒に暮らせない。

「ほんと、蒼真さんの言う通りだなあ……」

作戦会議中に蒼真は菜々子のために、さまざまな対応策を用意してくれていた。そのうちの一つである、緊急時の持ち出しリストを確認しながら、菜々子は健康保険証に、銀行の通帳。カードと印鑑などを次々とカバンに突っ込んでいく。伽耶の着替えやおむつ、母子手帳、哺乳瓶も抱えていれる。途中で入りきらなくなって、新婚旅行に使ったトランクを持ち出して、必要な物を入れられるだけ入れた。

眠っている伽耶をベビーカーに入れて、トランクを引っ張りながら家を出た。鍵をかけて、菜々子は振り向くことなく元弥と新婚生活を送ったマンションを後にする。ただひたすら、元弥に出くわさないように祈りながら……。

信号を渡り、商店街を抜けようとするが、さすがにベビーカーとトランクを両方操りながら歩くのは難しい。それに飛び出してきたのはいいけれど、どこに行けばいいのだろう。一番身近な家族である妹を頼れば、暴力を振るう男とのゴタゴタに巻き込んでしまう。

（これからどうするか、ちょっと、冷静になって考えないと……）

元弥が戻ってくる前に家を出られたのだから、少し落ち着こうと思った瞬間、目に飛び込んできたのは時間を飛ぶ前、妊娠中にアルバイトしていた喫茶店。

そして過去に戻って最初に蒼真に出会ったあの店だった。

二度目の妊娠生活中は、仕事を辞めなかったから、アルバイトはしなかったけれど、それでも懐かしくて、ほんの少しの隙間時間を使って、息抜き代わりに寄っていた。志津恵は客になった菜々子に対しても親切で、この喫茶店は菜々子にとって安心できる場所になっていた。ふぅっと息を吐いてから、静かにドアを開けた。

——カラン。

聞きなれたドアベルとともに、菜々子は店内に入る。今回も無意識で蒼真の姿を探して、やはり彼がいないことに少し落胆する。

（いるわけ、ないいんだ……）

元弥と新居探しの時、このマンションを見に来て気に入った彼は、周りを見て回ろうと菜々子を誘い、二人で駅の向こうまで散歩をした。

その時、偶然蒼真のアパートの前を通りかかり、彼が住んでいた部屋のベランダに女性が立っていて、小学生ぐらいの女の子と一緒に洗濯物を干していたのを見かけた。

（そっか、修習が始まったら、どこかの地方に行くかも、って言ってたもんね。アパート引き払ったんだ……。じゃあもう会えないいや……）

会うつもりもなかった。それでも彼の行方を探れなくなったことに、少しほっとした。寂しかったけれど、別々の人生を歩んでいく彼を菜々子は心の中で応援したのだ。それなのに、この店に来るたびに蒼真の姿を探してしまう。

「あら菜々子さん。こんにちは。奥の席、どうぞ。荷物、置いてくださいね。何にしましょう」

「志津恵さん、こんにちは。じゃあ、卵サンドとカフェオレを……」

いつものように答えると、スペースにゆとりのある奥の椅子に座る。

「って菜々子さん！　……あの、大丈夫？」

水を持ってきた彼女が、近づいてきた瞬間、焦ったような声を上げた。

「唇の端が切れて、血が出てますよ」

その言葉に慌てて携帯で自分の顔を確認すると、蹴られた勢いで顔をぶつけたのだろうか、腫れて血が付いた口元は普通の状態とは言えない。明らかな暴行の痕が残る自分の顔を見ていると、なんだか現実と乖離しすぎていて、おかしな気分になってくる。笑いそうになった自分をとっさに唇を噛み締めて抑え込んだ。

「あの……今お客様、誰もいないから。とにかくしばらくここで休んで行って」

それだけ言うと志津恵はクローズドの看板をもって外に出ていく。

「もうこれで誰も入ってこないから安心してね。よかったら警察を呼ぶけど……それより弁護士さんの方がいい？」

親切すぎる志津恵の言葉に、おせっかいで優しい彼女の気性を思い出して、菜々子は小さく笑う。でも確かに、夫から突然暴力を振るわれて、この後どうするのか迷っていたのだ。

「えっと、弁護士さん？」

「ええ、うちのお客さんで弁護士さんがいるから……女の人だし、話しやすいんじゃないかしら」

「……女の人」

（蒼真さんじゃないのか。そうか。そうだよね）

今はもう彼は常連ではないのだ。菜々子は小さく吐息をついて、志津恵に頭を下げる。

「すみません、その弁護士の方、紹介してくださいますか？」

やり直そうと思ったけれど、伽耶に害を及ぼす可能性があるなら、これ以上元弥とは一緒にいられない。菜々子の声に、志津恵は頷いて即座に電話を掛けてくれた。それから十五分ほどで、ショートカットで理知的な印象の、四十代ぐらいの女性弁護士、高田が来てくれたのだった。

高田は菜々子の様子を見てすぐに病院に連れて行った。医師の診断書を取り、そのまま警察に連れて行く。その後、暴力を振るった夫のいる家に帰るのは危険だと、保護施設と連絡を取ってくれた。

離婚が成立するまでは、保護施設から仕事に通い、高田とともに離婚のための交渉を行った。そして三か月後には、菜々子は無事元の天羽姓に戻っていた。

「天羽さん、無事にスピード離婚成立、おめでとうございます」

その言葉に菜々子は小さく笑ってしまった。離婚しておめでとうございます、などと言われることがあるとはまったく思っていなかったのだ。とはいえ、自身もいろいろあって、シングルマザーになったのだと言う高田からすると、大きなトラブルなく無事に離婚できたことはめでたいことなのかもしれない。

「……ありがとうございます」

頭を下げてから、戸籍謄本などの証明書類を確認する。結局暴行の被害届を警察に提出されるのを阻止するべく、元弥は自分の実家を巻き込み、菜々子への慰謝料の支払いと離婚の請求を、早急に飲んだ。養育費に関しては、いろいろ悩んだが、関わりを持たれる方が嫌だと、請求せずに代わりに元弥が伽耶と面会する権利は認めなかった。

「まあ、暴行に関する被害届は公訴時効である事由が発生してから三年以内であれば、いつでも提出できますからね。被害届は一度出してしまってから引き下げると、再提出はできないので、提出しない状態で様子を見ましょう。逆恨みの抑制力にもなりますからね」

被害届を出して、暴行罪で検察に送検されれば、元弥をさらに追い詰めることになるかもしれない。仕事を辞めるつもりのない菜々子が、伽耶と平穏に暮らしていくにはできるだけ元夫からの恨みは買いたくない。そう言う菜々子の意向を汲んで、高田は出来うる限り穏やかな対応をしてくれたようだ。

ただし離婚の経緯を菜々子から聞かされた芹香は、元弥の離婚に関して会社内で尋ねられたときに、『乳児である自分の子に暴力を振るおうとして、かばった妻に怪我をさせ、妻から離婚を突きつけられた』と事実をそのまま話したらしく、職場でもモラハラ問題で訓戒を受けたタイミングと重なり、会社に居づらくなっているらしい。

そんな話を聞いて、正直、溜飲が下がって少しだけすっきりした気持ちになった。元弥と上手くやろうと努力して、それでもずっと彼に傷つけられて、菜々子はかなり心がすさんでいたようだ。

　そんな話を高田にしたところ、元夫の立場がややこしくなる前に、さっさと離婚をして本当によかった、と改めて言われた。

　ちなみに高田の名刺を見た時に、どこかで見たことのある名刺だと思っていたら、蒼真と同じ事務所の弁護士だったことに後から気づいた。そして蒼真の家に住んでいたのも彼女だったらしい。

　なんでも住んでいたマンションが突然の火事に見舞われて、困っていたところに、地方に異動することになった同僚の住んでいたアパートを間借りすることになったのだと言う。あの日ベランダで洗濯物を干していた親子は、高田とその娘だったことに菜々子は後程気づいた。

　そして蒼真が勧めた喫茶店を、高田も気に入って利用していて、志津恵と知り合ったのだと話してくれた。

　当然、自分と蒼真が知り合いだとは知らない高田からは、蒼真の話は出なかったのだけれど……。

（なんか、こんなところでも、私、蒼真さんに守られていたんだなあ……）

　あの店を通じて高田弁護士を紹介してもらえたのも、蒼真のおかげなのだ。きっと彼自身はそんなこと考えてもいなかっただろうに。

そして菜々子は離婚成立後、育児を手伝うと言ってくれた妹と一緒に新しい部屋を借り、伽耶との三人で暮らすことにして、新生活をスタートさせたのだった。

＊＊＊

そして再びジングルベルが流れる季節になった。

高田とはたまに連絡を取り合っている。けれど蒼真とは一切取ってない。

シングルマザーになり、仕事にも気合の入る菜々子はフルタイムで働くことになり、あのマンションの傍に竣工予定の、新築マンションのモデルルームの仕事を担当することになった。

かつて菜々子たちが住んでいた部屋は、すでに他の人が賃貸契約をしており、元弥も住んでいないとはいえ、その前を通って現場に通うのは、正直複雑な気分にはなるのだけれど……。

「そうだ、志津恵さんにもお礼を言わないと……」

現場から直帰すると会社に連絡し、商店街を抜けて、久しぶりに喫茶店の前を通りかかると自然と足が止まった。あれ以来、志津恵には会っていなかったのだ。

「きちんと報告もしなくちゃ……」

――カラン。

音を立てて喫茶店に入る。

「……ほんま、あほちゃうかって、志津恵さんも思うやろ？　大概にせぇって……」

瞬間、聞きなれた明るい大阪弁が耳に飛び込んできて、菜々子は一瞬白昼夢を見ているのかと思う。

ふと言葉が切れて、カウンターで頬杖をついていた男が振り返る。

菜々子と視線が交わる。彼の茶色い瞳がギュッと細められて、それから大きく目を見開かれた。

とっさに菜々子はその場を逃げ出そうとした。けれど風のように走ってきて、刹那、その人が菜々子をぎゅっと抱きしめていた。

「……菜々子ちゃん。ようやっと捕まえた」

耳元で、『今度こそ逃したらへんから、覚悟しぃや』という蒼真の声が響いて、菜々子は目を瞬かせた。


本当に逃れる隙もなかった。そのまま呆然としている菜々子を抱えて、彼は店を後にする。さっさと拾ったタクシー乗せられて、志津恵にお礼を言い忘れたことに気づいたのは、彼の家に着いてからだ。

「もう天羽姓に戻ったんやろ。せやったら今度こそ、俺のものになって」

彼の部屋に入った瞬間に、強く抱きしめられていた。仕事帰りにそのままこんなところで蒼真と一緒にいるなんて、正直頭がついていかない。

「ちょ、ちょっと待って。私、今冷静じゃないから……」

一瞬彼の胸を押して言い返すと、彼はいつも通りに目を細めて笑う。

「まあそうやろな。安心して。俺、うやむやのうちに、あれこれ持ち込もうって思ってるし」

額に頬にキスが降ってきて、体温が上がって涙目になる。

「ダメ、ちゃんと落ち着いて話しようよ」

だがそんな菜々子の言葉に、蒼真は頷きもしない、それどころか胸をついて止めようとする菜々子の手を捉えると、指先にキスをした。

「俺が菜々子ちゃんのこと、どれだけ待ったか知ってる？　あれから二年も……ずっとおとなしく待ってたんや。もう我慢できへん」

そっと頬を撫でて、唇を寄せられる。

「俺は菜々子ちゃんが世界で一番好きや。だから……菜々子ちゃんの正直な気持ちを聞かせて。この二年、何考えていた？」

至近距離で茶色の瞳が菜々子だけを映している。まっすぐ彼女だけを見つめる瞳には熱がこもっていて、心の中まで見通すようだった。菜々子はその熱から逃れるようにそっと目を閉じる。

「ほんま素直やないな。せやったら、二年間、俺のこと、一切思い出さへんかったん？」

その言葉に思わず首を左右に振ってしまう。元弥に冷たい態度をとられ、傷つけられるたびに、蒼真の言葉を思い出して、菜々子はいつでも必死に自分を立て直していた。

「……でも」

「でも、なんなん？　もう遠慮する必要なんてないやろ？　なあ、菜々子ちゃん、俺はずっと二年間、菜々子ちゃんのことだけが好きやった。よそ見もできないくらいに。……菜々子ちゃんはどうやったん？」

そっと頬を撫でられて、視線を彼に向けてしまう。まっすぐな瞳を見ているうちに、唇がかすかに震えてくる。

「……なあ、お願いや。ほんまのこと、教えて」

出会ってからずっと涙を見せることのなかった彼の瞳が潤んでいるのを見て、菜々子の口からこらえていた言葉が溢れ出していた。

「……私も……私も、蒼真さんが好き」

瞬間、きつく抱きしめられて、荒々しい口づけが降ってきた。

（ああ、私、ここに戻ってきたんだ）

それは心の底から湧き上がるような幸福感。耐えていた恋情が一気に膨れ上がり、はじけてしまいそうだ。

熱っぽいキスを何度もされているうちに、体中が火照ってくる。とろとろに体が蕩けてしまいそうだ。蒼真は腰が砕けた菜々子をいきなり抱き上げて、彼の寝室に連れて行く。

菜々子をベッドの上に横たえると、そのまま菜々子の耳元に手をついて、顔をじっと覗き込んだ。

「え。あの……」

「菜々子ちゃんを確かめさせて」

熱っぽくて情欲を秘めた瞳で射貫かれる。

「でも、このまま最後までしたら……私、どこに飛ばされるか……」

そのことに気づいて、キスを拒むように顔をそむけた。蒼真と結ばれると、いつも時間を超えてしまっていた。すると蒼真は何の心配もいらないというように笑った。

「大丈夫や。菜々子ちゃんの戻ってきたいところに、戻ってきたらいいだけ」

その瞳をじっと見つめて菜々子はほんの少しの間考える。自分が生きていきたい場所、一緒に居たい人、これからどうしていきたいのかを。

「俺は、菜々子ちゃんの望むようにしてあげたい。伽耶ちゃんと一緒に、俺のところにおいで。来てくれたら菜々子ちゃんだけでなく、伽耶ちゃんも幸せにするって約束する」

彼はそっと菜々子の指先を捉えて口づける。

「……愛してる。幸せにするって何度でも誓う。だから俺を信じて」

菜々子は自分の指先に口づけている彼の頬をそっと撫でて首を横に振った。いつだって菜々子の代わりに蒼真が自分の気持ちを伝えて、時には罪を背負ってくれていた。だから、自由になった今は、自分の言葉で、彼にすべてを告げたい。

「ううん。蒼真さんに頼るんじゃなくて、私は私自身を信じる。だから……今までずっと言えなかった、本当のことを言うね」

　彼の耳元に唇を寄せて、そっと囁く。

「……私は蒼真さんのことが好き。伽耶のことが一番大事なのはきっとずっと変わらないけれど、それと同じくらい、蒼真さんも大好き。……だから、ここに居たい。だから……どんなことがあってもここにいられることを、一緒に確認してくれる？」

　そう囁くと、彼はくしゃりと目を細めて笑った。

「ほんま素直やないな。確認するんじゃなくて、好きだから触れたい、抱かれたい、でいいやんか」

　そうやろ？　と聞かれて思わず笑ってしまった。

「そうだね。私、蒼真さんの呪いが強くて、愛されてないと感じない体になっちゃったから」

　くすりと笑って彼に口づける。

「……蒼真さんを感じさせて」

　その言葉に蒼真が眉を下げて答える。

「ちょ……菜々子ちゃん、ほんま、あかんわ。魔性過ぎひん？　菜々子ちゃんが魅力的過ぎて、本気で俺、くらっくら、眩暈がしたわ」

「蒼真さん……相変わらずだね」

なんとか自分の気持ちを伝えようと真剣になりすぎて、緊張していた体が彼の調子のいい一言で程よく力が抜ける。そっと口づけて触れ合えば、心と体が一つに溶けるような気がする。

「……気持ちいい」

「ほんま、最高や……」

お互いに服を脱がし合って裸で抱き合うだけで幸せで、キスするたびに体が熱くなる。何度も何度も唇を重ねて、視線を合わせてお互い笑い合う。

「あかん、菜々子ちゃんを最後に抱いてからの禁欲生活長すぎて、今のキスだけで俺、イキそう」

「ほんとに？　でも……私もキスだけでとろとろになりそう」

「……ほんまに？　どれどれ確認したるわ」

蒼真の手がするりと下腹部に降りていき、緩く開いた足の間に蒼真の指が触れる。

「――えっろ。菜々子ちゃん、ほんまエロいわあ」

ちゅっと唇にキスをしながら、蒼真が嬉しそうに笑う。

「自供通り、菜々子ちゃん、えらいとろとろに濡れてるやん。こんなんなられてたら、俺の方も……」

彼の指が菜々子の中に伸ばされて、淡く掻くようにする。

「あっ……」

今自分に触れているのが、蒼真だと思うとそれだけで体が甘く震える。

「もっと、して」

「もうほんまにエッチすぎて色々たまらへん」

そう言うと、大きな彼の手が秘所全体を覆い、指が蜜口を撫でる。全体を揺さぶるように動かすから、ぐちゅぐちゅと淫らな音が静かな室内に響く。

「あっ……はぁ、んっ。好き。気持ちいい」

「菜々子ちゃん、めちゃ気持ちよくなってない？」

「ん。蒼真さんにされてるって思ったら、すごく気持ちいい」

彼の指が動くたびに、ぞわぞわとした愉悦がこみあげてくる。幸せで気持ちよくて、思わず淫らな声が上がってしまう。

「あぁ……、そこ、大好き」

蒼真の指が感じやすい尖りに掛かり、緩やかに揺らされる。

「ほんま感じてる菜々子ちゃんは可愛い」

菜々子の蜜口にゆっくりと指が差し込まれ、中をこすり立てるように動く。蕩ける蜜が彼の指の動きを助けている。そうしながら彼は親指で感じやすい芽をクリクリと撫でた。

「ひゃう、ダメ。それ一緒にされちゃうとっ」

ひくんっと体が跳ね上がる。瞬間、彼が菜々子の感じて尖る胸の先に齧り付く。

「あっ、あ、あぁぁっ……」

たったそれだけで、一気に快楽が全身を駆け巡る。あっという間に頂点を極めて、体をびくびくと震わせる。

「……ほんま、菜々子ちゃんは最高や」

指を奥まで収めたまま、彼はもう一方の手で菜々子を抱く。

「もう我慢の限界。菜々子ちゃんの中に入れさせて」

直接的な彼の言葉が、本当に切羽詰まって聞こえるから、なんだかきゅんと胸が甘く跳ねる。こんなにも自分を望んでくれることが嬉しい。

「私も、蒼真さんがほしい」

両手を差し伸べて、彼を抱きしめる。そんな菜々子にキスをしながら、彼はごそごそと菜々子を抱くための準備をしている。

「蒼真さん」

「……なんや」

「大好き」

「……ほんま、勘弁してや。ゴムつけるだけなのに、菜々子ちゃんの言葉だけでうっかり自分の手でイってしもたら、俺の二年間の禁欲生活の落とし前、どう責任取ってくれるん?」

そう言うと、彼は菜々子をグイッと押し倒す。

「まあいいか。今すぐ、責任取ってもらお」

それだけ言うと、とろとろに溶けた蜜口を熱いもので撫でて、次の瞬間、ぐぅっと奥まで挿し入れる。

「ぁあっ、来る」

思わず嬉しくて彼の腰に手を回す。

「そんなにほしい？」

「ん。一番奥まで……いっぱいにして」

「……ほんまエロすぎ」

何度目かのセリフとともに、彼がグイと菜々子の奥まで入ってくる。はぁっと二人して甘い吐息を漏らし、互いに視線を絡ませて自然と唇を寄せる。

「……こうするまでが、ほんっっっま、長かったわ」

「ごめんね。でも。好き」

「……俺も大好き」

キスをして、舌先まで絡めながら、彼はゆっくりと腰を送る。それだけでお腹の奥がきゅんとうねる。彼を捉えていることが嬉しくて、幸せで、悦びの波がいくつも押し寄せてくる。

「そ、まさん。大好き。愛してる」

甘い吐息と喘ぎ。乱れる声に思いを乗せると、ますます体が甘く疼く。苦しいほどの疼きを、鋭く突かれて宥められて、またもう一つ高いところに連れて行かれる。

「あぁ、すごく……い、の。きもちいい」

そっと頬を撫でられて、唇を寄せられる。キスをしてお互いの顔を見つめる。必死に動くから汗をかいている蒼真が切なげに瞳を細めて、愉悦を堪える。

「……蒼真さん、きもち、いい？」

「あほ。良すぎて、こっちは、ずっと飛ぶ寸前でこらえてるって」

彼の緩やかな動きは、互いの気持ちの高鳴りに合わせて、速度を速めていく。彼が自分の中にいることがたまらなく幸せで、何度も何度も抱きしめて、好きと囁く。そのたびに、彼がヒクリと体を震わせて、細めた瞳を囲む長い睫毛が震える。艶めいた長い吐息を漏らして、達しそうな快楽を必死にこらえている様子が伝わってきて、菜々子の胸を甘くときめかせた。

（蒼真さんの方が、よっぽどエロいよ）

心の中で囁くと、ドキドキする鼓動が体をしびれさせていく。蕩けるような幸福感に、ふわりと意識が途切れそうになる。

「イッても、意識飛んでもいい。ここに居たいってそう思ってくれるんやったら」

切なげな彼の声が耳に残る。はぁ、はぁっと乱れる彼の息を聞きながら、菜々子は彼の汗で濡れた体をぎゅっと抱きしめる。普段は軽く見えるけれど、どこまでも強い思いを秘めた瞳にひたと見つめられて、深い愉悦に頭が白くなる。

「も、イっちゃう……でも、私、ずっと、ここにいるから……」

「安心しぃ。万が一どっかに飛んで行っても、絶対に俺が迎えにいくから……。何度だって探しに行くし、必ず見つける……」

瞬間ぎゅっと彼が強く菜々子を抱きしめて、最奥で熱を発する。菜々子はその熱を感じながら、白い世界に身を任せる。幸せで蕩けるような気持ちで意識を落とす。

どこかで、彼と出会った日に聞いた『タイム・アフター・タイム』が聞こえた気がした。

「……菜々子ちゃん？」

心配そうな声が聞こえて、菜々子は目を開ける。あたりを見渡して、不安そうな彼の表情を見て、小さく微笑む。

先ほどと同じ彼の部屋。彼の枕元のデジタル時計の日付は今日のままだ。

「大丈夫。もうどこにも飛ばないから」

ほんの一瞬の意識喪失。

——ただそれだけ。

「私が居たいって思ったのは、ここだったたってことだよね」

菜々子の言葉に、蒼真は泣きそうな顔をして頷く。

「だったら、もう二度と逃してやらへん」

そう囁くと、蒼真は強く菜々子を抱きしめた。

＊＊＊

ハッと気づくと、もう夜八時近くて、慌てて菜々子は妹の真由子に電話をした。保育所に伽耶を迎えに行って早めの夕食を食べたと報告する真由子は、菜々子が友人と偶然会ったと告げると、たまにはゆっくりしてきたら、と言ってくれた。

伽耶も保育所で疲れたのか、すでに眠りにつくところらしい。最近は離乳食も進んでいて食事で栄養が取れているらしく、夜寝てしまえば比較的長く眠ってくれるのだ。

真由子の言葉に安心した後、蒼真が家に残っていたもので簡単な夕食を作ってくれたので、改めて二人で乾杯し直すことにした。

「ああ、菜々子ちゃん。今更だけど離婚成立したんやってな。おめでとう」

そう聞かれてびっくりするものの、高田弁護士と蒼真は、同僚らしいし、そのあたり情報を共有していたのかもしれない。いやもしかしたら蒼真が暗躍していたりするのかもしれない。

「……あの、全部知ってた、とか？」

そう思って尋ねたけれど、彼は笑って答えない。

「どうやろ。菜々子ちゃんが秘密主義者やから、俺も秘密主義者になることにしてん」

答えながら彼は冷蔵庫から甘い缶チューハイを出してくる。

「じゃ、お祝いしよか。菜々子ちゃんの離婚成立と……」

じっと菜々子を見つめて彼が妖艶に微笑む。

「俺の恋愛成就を祝って」

「……え？」

「今度こそ、伽耶ちゃんごと、俺にもらわれてくれるんやろ、菜々子ちゃん」

彼がプルタブを開けてくれた缶を受け取る。

「ほんなら、俺と菜々子ちゃんと、伽耶ちゃんの幸せな未来を祝って。――乾杯」

まっすぐ見つめられて、菜々子はその茶色い瞳を見つめ返す。ぺちんという間抜けな音を立てて、缶チューハイが菜々子の持っている缶チューハイにぶつかる。

そして目の前の料理をつまみながら、蒼真は菜々子がいない間の話を始めた。

「そういえばこの部屋、高田さんが住んでいたんじゃないの？」

「俺が実務修習していた去年の一月から、今年の夏ぐらいまでな。その後、高田さん、もともとの家に戻っておるで」

「えええええええ。じゃあ、ずっと蒼真さん、このアパートにいたの？」

「うん、そう。あそこの喫茶店にもちょいちょい出入りしてたんやけど。……まあ春から夏ぐらいまでは忙しかったから」

どうやら彼がいなくなったというのは、菜々子の思い込みだったらしい。あの日からまったく変わらない蒼真の様子になんだかクタクタと力が抜けていく。

「……あの時は、ごめんなさい……」

次に出たのはずっと心に留まっていたあのセリフ。

「……なんであの日、急に連絡断ったのかはわからへんかったけども……」

ぽつり、と彼が呟く。

「だって、あの日、蒼真さん、家の前で女の人といたでしょ。髪の長い人が蒼真さんの手をギュッと握っていてすごく仲良さそうで。あれを見たら、蒼真さんの時間を私が奪っちゃいけないって、そう思って……」

そう告げると、蒼真はしばらく考え込むような顔をしてから、ハッと視線を上げた。

「それ、高田さんや」

「……え、高田弁護士？　あの人ショートカットでしょ」

「そういえば一年前ぐらいまで、高田さん、髪長くしておったんやわ。でもってあの日、俺の手を握ってたのは、高田さんが住んでた家で火事が起きて子供が学校通える範囲で住むところが見つからへんっていうから、ご近所さんの俺がどうせ実務修習で、一月からしばらく地方行く予定やったし、しばらく住んでもろたらいいって言ったら、感動して手を握ってこられたんやわ。そんなところ見られて、挙句あのメール……」

ほんまアホらし、と彼は文句を言いつつ天井を見上げる。その後、彼は修習から戻ってからも、高田の火事になったマンションの代わりに用意された家で生活し、高田弁護士が子供の学区内に家を建ててから、自分のアパートに戻ったのだという。

女性が蒼真の手を握るあの深刻な空気は、そんなことが原因だったのか、と一気に力が抜けた。そういえば蒼真と話していると、大概のことが考えすぎなんじゃないか、と思わせてくれるんだった、と思い出して小さく苦笑が漏れた。

「修習ってことは……蒼真さん無事に？」

「なんとか、無事、任務遂行しましたわ。ほら、これ見てや」

ジャジャーンと言いながら見せられたのは、掛かっていたスーツの襟元につけられた、ひまわりと天秤がかたどられたバッチ。

「……頑張ったんだね」

菜々子の言葉に蒼真が目を細めてなぜか泣きそうな顔をする。

「頑張ったのは、菜々子ちゃんの方や……」

柔らかくて優しい声に、菜々子は息を呑む。

「……ずっと、伽耶ちゃんを守って一人で頑張っていたんやろ？」

そっと控えめに彼の手が頭に乗せられ、柔らかく髪を撫でられる。伽耶の頭を撫でてあげることはあっても、誰かにそんな優しく撫でられたのは久しぶりで、瞬間、涙で目元が熱くなる。

「一番しんどい時に傍にいなくて、ごめんな」

「――っ」

自分でも信じられないほど、突然ぶわっと涙腺が決壊してぼろぼろと涙が溢れた。刹那、蒼真にぎゅっと抱きしめられていた。

「菜々子ちゃんは可愛いけど可愛ないから、どうせ誰かに寄りかかったらあかんとか思って一人で頑張っていたんやろう。……一番辛い時に助けられなくて、ほんまごめん」

頼ってはいけない、そう思っていたのに、改めてその腕の中に抱かれるとこらえきれずに、嗚咽が漏れてしまう。

「私、蒼真さんに迷惑しかかけてないのに……」

首を左右に振った蒼真にトントン、と背中を撫でられて、ようやく大きく息をつげたような気がする
そして彼が話し始めたのは、以前聞いた彼の実家の話。

「菜々子ちゃんは俺にいいことしかしてないんやで。……あのな、菜々子ちゃんのことがあって、どうしても気になったから、俺、実家に戻って弟と話をしたんや……」

唐突に始まった彼の話に菜々子は耳を傾ける。

「そうしたら、驚く事実発覚。……俺、弟と一ミリも血が繋がってなかったわ」

「――え？」

「知らんかったんやけど、義母はお腹の中にいる弟連れて、父と再婚したんやって。俺の父親は生まれたての子供残して妻に死なれて呆然自失で、その一年後ぐらいに、男に捨てられた妊婦の義母と上司の行きつけの飲み屋で出会ったらしいわ」

そこで蒼真の父の状況を聞いた彼女は、蒼真の世話をするから、自分が仕事に復帰できる出産から半年後まで、自分とお腹の子の面倒を見てほしいと頼んだのだそうだ。そして

蒼真の父がそれを了承したのだという。

「結局半年間で、義母に俺も懐いたし、父も安心して仕事ができるってことで、そのまま義母を後妻として受け入れて、弟を実子として認知して、そのまま家族になった、って経緯だったらしい。弟は成人する前に母からその話を聞いてたんやけど、俺には誰も事情説明してくれへんかった。まあ、母親も当然、父親から説明されているって思ってたっぽいしな。で今回、改めて父に尋ねたら『血縁とか関係あらへん。弟は弟やろ』の一点張りで終わったわ。いや、そこは一応、俺にも説明しとけやって思ったけどな」

口ではそう言いながら、彼は屈託なく笑って肩を竦める。その顔には、あの時の切ない表情は消えていた。

「そんなわけで、うちの義母も知らん男に自分と子供の面倒見てくれって頼みこんだらしいし、つくづく母親って人種は、理解しがたい不条理なこと、平気でするんやなって思ったわ」

ぺちり、と菜々子の額を軽く叩いて笑う。

「菜々子ちゃんもそうやね。自分の子供を守るためなら、自分の身なんて悪魔にでも差し出しそうや」

彼は屈託なく笑う。

「そんでもって、俺は正真正銘、そんな義母にあっさりほだされて、生涯添い遂げてしまうようなチョロい男の息子なんやって、今回再確認したわ。まあ、菜々子ちゃんと義母の運の強いところは、身を売ったはずの悪魔が、惚れた女に対しては、めちゃめちゃ誠実な男だったってことで……」

　彼の話に菜々子は不思議な気持ちになる。

「そんなわけで、俺、菜々子ちゃんに会わんかったら、弁護士資格取得しなかったかもしれへんし、弟にこんな話を聞くこともなかったんやと思う。ずっと心の底で、父親に対するわだかまりを持ったまま、生活していったんやろうな。だから……俺は菜々子ちゃんに出会えて、身内に対する不信感も払しょくできたし。ほんま菜々子ちゃんは、俺の幸運の女神や」

　そう言って蒼真は、菜々子の肩の荷をさりげなく軽くしてくれるのだ。それから二人でお酒を飲みながら、今の生活についていろいろな話をする。

「本当に、伽耶は可愛いんだよ」

　気づくと安堵感からか、お酒がすっかり回っている。なぜか蒼真に向けて、伽耶の可愛さを力説していた。そんなほろ酔いの菜々子を見て、蒼真は目を細めている。

「せやろなあ。なんせ俺を袖にしてまで、伽耶ちゃん一択やったからな」

「ごめんね。でも私。今でも伽耶が一番大切」

「それが当然やと思う。母親が自分の子供が一番大事やなかったら、まずいやろ」

　うんうんと頷いてくれる彼をじっと見つめる。

「私は伽耶にどうしても会いたかったの」

「知ってる。……それにな俺も、菜々子ちゃんと一緒にいた間、ずっと伽耶ちゃんのことを心配してたんや」

ふわりと菜々子の前髪を撫でて、そっと蒼真はキスをする。

「それで提案があるんやけど」

「……なに？」

「……ずっと伽耶ちゃんの事を気に掛けていたから、心情的にはもう俺の娘みたいなもんやと思っている。だから、近いうちに会いに行きたいんや、伽耶ちゃんに。それで……」

彼が茶色い瞳を細めていたずらっぽく、にぃっと笑う。

「もし伽耶ちゃんが俺を見て笑ったら、俺と結婚せえへん？」

細くなりすぎて、なくなってしまった彼の目を見て、菜々子は小さく笑う。

「……ん。わかった……じゃあ伽耶が笑ったらね」

菜々子の言葉に、自信満々な蒼真の声が答える。

「……絶対笑うって。俺、昔っから子供には全力で好かれるタイプやから」

瞬間、菜々子の頭の中に、にこにこと笑って蒼真に手を伸ばす伽耶の姿が、そしてそんな伽耶を満面の笑みで抱きしめる蒼真の姿が思い浮かんだのだった。

エピローグ　そして二十九歳の春へ

蒼真が機嫌良くハミングで奏でているのは、あの日彼女と打ち解けるきっかけになった曲、『タイム・アフター・タイム』のサビの部分だ。いつだってあなたを見つける。倒れたら何度だって支える。ずっと待っている、と繰り返されるフレーズ。

「けど、菜々子ちゃんは全然、気づいてなかったんやろなぁ……」

菜々子が姿を消した後、高田に事情を話して、あの喫茶店の常連になってもらうようにお願いした。そして菜々子に何かあれば、すぐ連絡をほしいと、高田から志津恵に名刺を渡してもらうように指示を出したのも自分だ。

「菜々子ちゃんって言うんやけど、結婚した相手が、モラハラ男っぽくて嫌な感じしかせぇへん」

「だったら蒼真君、自分で動いたらいいのに……」

「うーん。相手の男、ほんまろくでもないんや。せやから浮気かモラハラか、まあなんにせよ近々別れることになると思うわ。そうしたら、俺、彼女に告白しよかって思ってるから、俺が関わると、ややこしいことになるやろ。それにド新人の俺より、頼りになる高田弁護士にお願いした方が、絶対いいと思うんや」

「えぇぇぇ、急に蒼真君におだてられても……」

それでも、住居の間借りの件で恩を感じてくれていたらしい高田は、蒼真の願い通り、あの喫茶店に通い常連になり、名刺を志津恵に預けてくれた。結果、元弥に暴力を振るわれた菜々子が喫茶店に飛び込んできた時点で無事確保できた。

（まあ何かあったら、あそこに来るやろって思っとったし……）

菜々子の実家は遠い。独身で一人暮らしの妹を離婚騒動に巻き込むのもまずいと判断するだろう。子供が小さくろくに動けないはずの菜々子が、あの家を飛び出して、冷静になろうとまず一息つくのはこの店だ、と思って当たりをつけていたのだ。

それ以外にも、蒼真は菜々子を確保するために、蜘蛛のように彼女を手繰り寄せる糸を近隣に張り巡らせていた。菜々子に渡していた緊急用のリストもその糸の一つだ。あとは逃げられないように、じっくりと自分の巣に糸を手繰り寄せるだけだ。

高田が菜々子の元夫との離婚交渉をする時にも、後腐れがなく離婚できる方法を優先し、裏側では蒼真自身がその手伝いもした。正直暴行罪で刑事罰を負わせて、相手の男を決定的に叩きのめしたい気分だったが、それよりも菜々子が傷つくことが少ないように、時間を掛けずに離婚することを第一条件とした。一刻も早く、自分自身が菜々子を守れる立場になりたかったからだ。

もともと離婚案件に関しては、抜群の実績を誇る高田弁護士だ。蒼真が予想していたように最短でトラブルなく、スピーディに菜々子と元夫の離婚が成立した。

蒼真は手帳からそっと紙を取り出す。それは初めて菜々子に出会い、次の時間軸に彼女を送った日に、彼女がバーで蒼真に押し付けたまま忘れていったものだ。

「ほんま、不思議議やな……」

印刷された紙の裏に、彼女自身が自分の人生における時間軸について書き込んでいる。元弥との出会いや、クリスマスイブに伽耶を授かったこと、新居に越した時期……。

彼女は自分が何の紙にメモを書いていたのか、気づいてなかったらしい。だが蒼真はその印刷されている側の内容を初めて見た時、思わず声を上げた。

裏にあったのは新聞記事のコピー。

それは菜々子の意識が過去に戻るきっかけになったであろう事件が載っていた。記事自体は短くて小さな扱いだったけれど、そこに書かれていたのは、河野菜々子が夫である元弥に首を絞められて、意識不明の重体になっているという内容だ。

だがその後菜々子に確認したのだが、彼女はその記事の内容を自分のことだとは把握してないようだった。

『被害者と加害者の名前と、日付が掠れていて読めなくて……』

首を傾げつつ答えた菜々子の顔を思い出す。

正直彼女がその部分を読めなくて良かった、と思った。夫に首を絞められて、意識不明になる未来なんて、どうしても伽耶を再び授かりたかった彼女は知りたくなんてなかっただろうから。

（まあ、メモをこっちに送った蒼真の気持ちも、あの記事に反映していたのかもしれへんな）

元々おかしなことだらけだが、そもそもこのメモの存在がありえないことなのだ。

（それがこうなったのは、そんだけ一号の願いが強かった、ってことなんやろな……）

『あなたに逢いたい』と書かれた自分と同じ筆跡だが、自分が書いたわけではない願い。その願いがこのメモを自分や、他の世界線の蒼真に届けたのだと思うから。

正直、暴力を振るう可能性のある男の元に、菜々子を帰したくない気持ちは強かった。だがどうしても伽耶を産みたい菜々子に対して蒼真が出来たことは、ＤＶ被害対策や緊急時用のリストを用意すること、彼女に気づかれないように近隣を歩き回り、その様子を確認することぐらいだった。それでも結局彼女はあの男に暴力を振るわれて……。

ギュッときつく拳を握りしめたせいで、手のひらに爪が食い込む。その痛みで蒼真は少し冷静さを取り戻した。

（過ぎたことよりこれからのことや……）

新聞記事から推測できたことは、最初に彼女が時間を飛んだ条件が、単にセックスすることではなく、意識を失うことだったのではないか。ということだった。だがそのことは、痛々しくてとても菜々子には説明できなかった。

蒼真との関係で、菜々子が最初に時を飛んだのは、思いがけず自分との性的な相性が良く、感じやすい菜々子が絶頂に達したとき、軽く意識が飛んだ事が原因だった。

新聞記事と蒼真自身の経験から、彼女が時間を飛ぶきっかけが、意識を失うことだと確信した。それ以降、彼女とそういう関係になったときには、望み通り時間を移動出来るように、わざと菜々子の意識を飛ばすように追いつめた。

もちろん、それで飛べるかどうかは賭けだったのだが、どの時間軸でも飛べているようだから、どうやら仮説は間違いではなかったらしい。

（まあ首を絞められて意識を失う時に、あの男と出会う前に戻りたいって、そう菜々子ちゃんが心の底から願ったのが、最初に時間を飛んだきっかけやろな……）

それほどまでに彼女を追いつめたあの男が、正直憎くて仕方ない。だがあの男がいたからこそ、自分は菜々子に時を超えてもう一度会えたのだ。

そして伽耶に会いたいと願う菜々子とは別に、菜々子を手に入れたい蒼真自身も、未来を変えるため彼女の知らないところで、動き始めた。

そんな試行錯誤の結果として、平行宇宙（パラレルワールド）、と言うのだろうか、菜々子が分岐点で様々な選択をするたびに世界線が増えた。そして世界にはいくつもの蒼真と菜々子が存在することになったらしい。そのすべての世界線を繋いでいるのが、このメモなのだ。

『四号っす。あの男と離婚した菜々子ちゃん確保。すでに再婚禁止期間過ぎているので、これから全力で口説きに行って、余計なちょっかいが入る前に、とっとと入籍します』

ペンをもった蒼真は、大分余白が少なくなった紙に、小さな文字で報告を書き込む。書かれた内容は、各々の世界線にいる蒼真のメモに反映されるらしい。今までいくつもの情報が書き込まれ、その情報は各世界線の蒼真たちに共有されてきた。

当然メモには菜々子の元の携帯番号も住所も書かれている。そして今の菜々子が持っている携帯番号と新居の住所、その他にも様々な情報が日々書き込まれているのだ。

（とはいえ、いきなり新しい電話番号を知らないはずの俺から、電話がかかってきたら警戒されるから、よっぽどの事態になるまでは、連絡なんて取れなかったんやけど）

蒼真がこの紙に書かれている情報を使って、知らないはずの菜々子の携帯電話に連絡を取ったのは、過去に戻った彼女とあの合コンの日に会わない選択をしたクリスマスイブの夜だけだ。

彼以外の他の蒼真も、自分の世界線で菜々子を手に入れるために必死の努力をしている。結果、今の時点でほとんどの蒼真は菜々子と一緒にいるのだ。

書かれているメモには、菜々子が伽耶を妊娠した直後に、彼女の倫理観を引っ掻き回し、半ば無理やり口説き落として、自分が菜々子と結婚し、戸籍上も伽耶の父親となった蒼真も存在しているし、合コンで元弥との出会いに失敗した結果、過去には戻らず次のクリスマスイブの夜だけあの男に近づいて、伽耶を授かった菜々子とそんな彼女を受け入れた蒼真もいる。

けれどどの菜々子も『伽耶を産まない』という選択肢を取ることだけは絶対になかった。

(──まあ、母親は不条理な生き物やからな。伽耶ちゃんがいなかったら、菜々子ちゃんは幸せになれないし。俺としてはどういう形でも、俺が菜々子ちゃんを捕まえられて、それでもって捕まった菜々子ちゃんが幸せなら、それでいいんやけど)

メモを見ながら、一つ一つ、分岐した自分の軌跡を確認する。

(あと菜々子ちゃんを確保できてへんのは……あの男に首絞められて、意識を失った菜々子ちゃんのところの蒼真、ぐらいやろか……)

一号と呼ばれている、すべてのきっかけになった蒼真。彼がどうやったのか分からないが菜々子にこのメモを持たせたのだろう。

彼は今、菜々子の両親からの依頼を受けて裁判準備中だ。あの世界の元弥は、殺人未遂で立件される見込みで、確実に追い込まれつつある。菜々子が意識を取り戻すのを待っているあの世界線の蒼真が、一番きついルートをたどっていることは間違いない。

だがそれでも彼は目覚めた菜々子を手に入れる。そしてその日が、すべての蒼真にとっても本当のゴールとなるのだ。

「まあ……どのルートでも、菜々子ちゃんを手に入れるのは手間がかかるわ。けど……菜々子ちゃんは最高やからしゃあないな」

そう呟くと先ほど書いた彼の書き込みに対して、余白を大きく使わないように、小さく書き込まれた他の蒼真たちからの『ＧＪ(グッドジョブ)』の文字を見て、小さく笑みを浮かべる。

この後は……菜々子と伽耶を正式に迎えに行くだけだ。

蒼真は小さく笑い、それから昨日もらった携帯番号が書かれた菜々子の新しい名刺を見ながら、すでに登録されていた彼女の番号をコールした。

「……菜々子ちゃん？　あの後、大丈夫やった？　……うん。俺、早く伽耶ちゃんに会いたいわ。――いつ会いに行ったらいいかな？」

蒼真の問いに、何も疑っていない菜々子が、「いつがいいかな」と明るい弾んだ声を返す。

（……せやから、もう二度と逃がしてやらへんって言ったやろ？）

すべての糸が菜々子に絡みつき、自分の手元に確実に引き寄せる。彼女が気づかない間に、彼女が大切にしているすべてのものと一緒に、自分の腕の中に囲い込んでしまおう。

「何度繰り返しても（タイム・アフター・タイム）……や」

たとえどんな運命が待ち受けていても、最後に彼女の手を取っているのは、他の誰でも無い自分自身なのだから……。

「……なんか言った？　蒼真さん」

「ん？　何も言ってへんよ」

身も心も、戸籍上の夫の立場もすべて完璧に、菜々子を手に入れる時を想像して、蒼真は携帯電話を片手に、薄く唇に笑みを浮かべた。

番外編　やり直さなかった世界線にて……

菜々子は慌ただしく出勤準備をしながら、ちらりと伽耶の様子を確認する。ダイニングで伽耶と向かい合い食事を取っているのは、菜々子と結婚して夫となった蒼真だ。テーブルの上には蒼真が家族のために作った朝食が置かれている。今日は、志津恵からこっそりレシピを聞き出したという、夫特製の厚焼き卵のサンドイッチだ。

伽耶の前にはコップに入ったミルク。甘党な彼の前には砂糖のたっぷり入ったカフェオレ。そして当然のように砂糖を入れない菜々子のためのカフェオレも用意されている。

「伽耶ちゃん、そないに急がんとゆっくり食べや。パパも仕事休むから、いっそ一緒に保育園、お休みする？」

「保育園、行くよ。だって伽耶、さとしくんと鬼ごっこする約束してるから」

「えええ。パパよりさとしくんの方が大事なんか？」

娘にすがりつく、ちょっとうっとうしいパパを、三歳半になった伽耶がよしよしと頭を撫でている。

「パパもちゃんとお仕事行きなさい」

「はーい。伽耶ちゃんが頑張って保育園いくんやったら、パパも頑張っていくわ～」

しっかり者に育ちつつある娘と、娘が好きすぎる夫との会話を聞いているうちに、菜々子は思わず笑みが零れていた。

（あれからもう、二年近く経ったのか……）

菜々子は、蒼真に再会したあの日のことを思い出していた。


――菜々子が長い眠りから目覚め、目を開くと、白い天井があった。

（ここは、どこだろう……）

ゆっくりと視線を横に向けた瞬間、菜々子の目に飛び込んできた顔に思わず笑みが零れる。

「伽耶ちゃん。……おはよう」

「まま～。ままぁ～」

呼びかけられて手を伸ばされる。その手をつかむと、そっとベッドの傍らに小さな体が置かれる。さりげなく、履いていた靴を脱がして、床に並べるのは……。

「……えっと？」

とっさにベッドの上で伽耶を抱きしめて、娘を自分に預けてくれた人の顔を見つめる。

（誰だっけ。この人……）

首をかしげた瞬間、ガタンと大きな音がして、そちらに目を向けると、扉から入ってきた真由子がこちらに走り込んでくる。

「お姉ちゃん、目が覚めたの！」

本当に何があったんだろう。首を傾げる菜々子を横目に、先ほど伽耶を預けてくれた男性が、ナースコールを押す。その時点で自分が病院のベッドに横になっていたことに気づく。

「天羽菜々子さんが目を覚まされました」

「お姉ちゃん。……よかった、本当によかった……」

泣き崩れる妹と、嬉しそうに笑う娘にすがりつかれながら、菜々子はまったく状況が理解出来ずに、ただただ呆然としていたのだった。


その後真由子から、これまでの状況説明を受けた。

元弥の浮気が発覚した日。それを追及しようとした菜々子を黙らせようと、元弥が首を絞め、意識不明の重体にさせられたこと。動揺した元弥が自分の実家に連絡を取り、彼の親が救急車を呼んで事件が発覚したこと。そのまま元弥は警察に逮捕され、一方菜々子は、意識が回復するまでに三か月ほど掛かったこと。

「――それで、この人が弁護士の城崎さん」

「お久しぶりやね、菜々子さん。俺のこと、覚えておるやろか」

にっこりと笑って手を差し伸べたのは、さっき伽耶を抱いていた男性。

それは伽耶を妊娠中、菜々子が一時期アルバイトをしていた志津恵の喫茶店の常連客、城崎蒼真だった。その関西出身らしい話し方で、ようやく記憶が蘇る。

「城崎……さん？　なんでここに？」

「あのね、おねえちゃんのお財布の中に、城崎さんの名刺があって。こっちで弁護士なんて知り合いがいないから、お母さんがどっちにせよ必要になるって言って電話したの。そうしたらすぐに、城崎さんが駆けつけてくれて……。その後お父さんと城崎さんと色々話をして、お姉ちゃんの担当弁護を城崎さんの勤めている弁護士事務所に引き受けてもらったの……。あの男には相応の罰は受けてもらわないとね……」

冷たく吐き捨てるような妹の言葉に菜々子は目を見張る。話が急展開していて、正直、頭がついていかない。

「あと、必要なら離婚に向けての話し合いもできるよ。城崎さんがそっちの方面が得意な弁護士さん紹介してくれるって……。あんな人と生活なんて出来ないでしょ？」

ずいぶんと怒りをためていたらしい、妹が目を三角に尖らせて言葉を続ける。それを見て、そっと真由子の肩を叩いた蒼真が小さく笑みを浮かべる。

「目が覚めたばっかりやし、そんなに色々情報を詰め込まれたら、菜々子さん、目ぇ回してまうで。まあ、お医者さんも意識が戻ったら心配はないって言ったし、まずはゆっくり体直したらええよ」

蒼真の柔らかい声にほっと力が抜けた。すると自然と言葉が出た。

「……ありがとうございます。あの……また近いうちに、離婚に関する話し合いをしたいので、その弁護士さんも紹介してもらえますか？」

その言葉に、蒼真は小さく頷いて、菜々子を安心させるように笑顔を見せた。


昏睡状態だったわりに機能障害などは残っておらず、菜々子はその月には病院を退院できた。そしてあの家には戻りたくないので、一旦妹の家に同居させてもらった。

それから毎日のように、蒼真は様子を見に来てくれて、菜々子と真由子をずいぶんと支えてくれた。それに伽耶は菜々子が意識を失っている間に、すっかり彼に懐いてしまっていて……。


元夫の裁判が進んでいく間に、平行して話し合いが進んでいた菜々子の離婚が成立した。それから程なくして、蒼真から結婚を前提での交際を申し込まれ、事件から一年半後、菜々子は蒼真と再婚した。

さらに半年後には、蒼真のすすめもあって、菜々子と再婚した蒼真と伽耶の間で、特別養子縁組を申請した。本来であれば再婚した妻の連れ子との間に特別養子縁組を成立させるのは難しいらしいのだが、伽耶の特殊な事情を鑑みて、蒼真からの上申書などの働きかけもあり、家庭裁判所は二人の間に、特別養子縁組の成立を決定した。

正直元弥と伽耶の親子関係の解消が出来たことは、菜々子にとっても今後の生活の不安応してくれた蒼真にとても感謝している。
の一つを減らすことになった。弁護士としての知識を活かして、面倒な手続きをすべて対

そして今。蒼真は娘となった伽耶をこれでもか、というくらい溺愛している。ふと意識を食卓に向ければ、伽耶は既に食事を終えたようだ。

「伽耶ちゃんはもうごちそうさま？　ほら、菜々子ちゃんもはよ食べや。今日早朝ミーティングって言ってたやろ？」

「うんうん。食べる。てか蒼真さん、ありがとう。今日も美味しそう」

慌てて席に座りながら、夫特製のサンドイッチにかじりつく。

家事も育児も積極的にしてくれる蒼真の口癖は、『子育ての一番大変なところは菜々子ちゃんが負担しているんやから、家事は俺の方が多くてちょうどええんちゃう』だ。

元弥との結婚生活の記憶があるからこそ、こんなに素敵な旦那様がこの世にいること自体、そしてその人が自分の夫であることがまるで奇跡みたいだと菜々子はいつも思う。

「美味しい？　そーやろ。なんせ俺の愛が一杯に詰まった、愛情盛りだくさん朝食やからな。世界一美味いと思うわ～」

「ふふ。……蒼真さん。いつもありがと」

大げさで開けっぴろげな愛情表現に、ちょっと照れながら答えると、伽耶が席を立った瞬間を見計らって、蒼真に素早くキスをされてしまった。

「ちょ、蒼真さんっ」

「ほんま、うちの奥さん、可愛すぎなんやけど？　なあなあ、そろそろ伽耶ちゃんに弟か妹、欲しない？」

もう一度キスをしようとする蒼真から逃げ出すように、菜々子は慌てて席を立つ。

「もう行かなきゃ。その話はまた夜に！」

「ほんま？　せやったら、今日は気合い入れて、はよ帰ってくるわ」

食事を終えた菜々子は、後片付けを夫に任せて早々に家を出て行く。早朝ミーティングに普通に参加できるのも、保育園へ送ってくれる蒼真の協力があってこそだ。

菜々子は、三人家族が四人家族になる日を想像して、胸が温かくなる。

「幸せだなあ……。蒼真さんと結婚して、本当に良かった」

＊＊＊

伽耶を保育所に送り届けた蒼真はそのまま弁護士事務所に出勤する。自席に座ると、いつものように手帳を取り出す。大事に挟み込まれているのは、すこしくたびれたコピー用紙。裏紙はあの忌々しい事件の新聞記事だ。

自分が最後に書き込んだ言葉に対する返信が、最後の書き込みになっている。あれからもう既に二年近くが過ぎた。きっとどの蒼真も、菜々子と幸せに生活していることだろう。

『菜々子ちゃんの意識が戻った。これから離婚裁判と、刑事裁判を並行して行うことになる。けどどんなことをしても、俺の菜々子ちゃんを幸せにするから』

菜々子が目覚めた日の蒼真の書き込みに、小さく小さく書き込まれたいくつものGJの文字。あの苦しかった時間を支え合った蒼真たちからの最後のメッセージを指先でなぞって、蒼真は微笑む。

「やり直ししなくても一緒や。俺が菜々子ちゃんを幸せにする。――ただ、それだけ」

呟いてパソコンを立ち上げてメールを確認する。

「ほんなら、まずは仕事、頑張りますか。今夜は、はよ帰らなあかんしな」

菜々子を幸せにするという、蒼真の人生を賭けた野望は、まだ道半ばなのだから。

あとがき

こんにちは。当麻咲来です。このたびは『彼は不埒な秘密の共犯者　あの日に帰るために甘く抱いて』を手に取っていただきまして、ありがとうございます。

このお話は、幼い子供を子育て中であるヒロイン菜々子が、ショッキングな出来事をきっかけに時間を逆行してしまうという、TL小説ではちょっと珍しい設定のお話です。

戻った過去の世界で、菜々子を心身共に支え助けてくれるのは、ちょっとチャラい大阪出身の男性、蒼真。彼は未来の世界に残してきてしまった娘の元に戻りたいと願う菜々子を未来に戻すためにとある提案をし、菜々子は支えてくれる彼にひかれていきます。

ですが菜々子が再び娘に会うためには、浮気性でモラハラ夫との間にもう一度子供を授からなければならない。

葛藤する菜々子。そして彼女を見守ることしか出来ない蒼真はどう行動するのか……。

今作のヒーローは大阪出身という設定です。私の中で大阪出身の男性は、地元を離れても大阪弁を話し続けている人が多いイメージがあります。蒼真もそういった設定です。

ただそのまま大阪弁を話す設定にすると、書き言葉だと違和感があり、またニュアンスが伝わりにくいところもあるので、お話の中では、「ほどほどに大阪弁」に留めたつもりです。大阪出身の皆様、もし言葉に関して違和感があったらすみません。

ですが蒼真の話す言葉の柔らかい響きは、読み手の救いにもなったのではと思います。

そしてストーリー中に何度も出てくる楽曲『タイム・アフター・タイム』。

これはアメリカの歌手、シンディ・ローパーの曲で、映画『タイム・アフター・タイム』に影響を受けて作られた楽曲だと言われています。そして『何度繰り返しても』という意味を持つ歌詞は、蒼真の祈りのような、菜々子への思慕とリンクしています。

タイトルの『共犯者』という言葉についても、法律を生業とする蒼真にとっては、通常の人より重い響きを持っているはず。彼女の隣にいたい。最低な夫から彼女を奪ってしまいたい。最後にはどんなことをしても必ず彼女のすべてを手に入れようと、ずっと画策していきます。それだけ彼の菜々子への想いは深く、決意は強いのです。

そもそもこのお話のプロットを書いたのは、二〇一三年。

実は商業デビューするより前に考えていたお話です。まさかこの作品で書き下ろしできるとは思ってなかったのですが、この一風変わったプロットを「面白そう」と編集者様に言っていただき、書籍にできて本当に嬉しかったです。また伏線の不十分な部分や、強調した方が良い部分など指摘してもらえて、本当に助けていただきました。

さて今回、初めて蜜夢文庫様から本を出すことができました。その上、人気漫画家である、すみ先生が表紙絵と挿絵を担当してくださるという幸運にも恵まれました。

すみ先生が「巡る季節をイメージ」してくださったという表紙は本当に素敵で、背景だけでなく主人公の二人の表情も立ち姿も、まさに作品の世界観そのままで、表紙をいただいた時には、もう声を出すこともできずに、ただただ見惚れてしまいました。

すみ先生、素敵な表紙と挿絵、本当にありがとうございました。最初の挿絵の蒼真の笑顔がとても素敵で、「この笑顔、やっぱり人たらし確定（笑）」と思ってしまいました。

一冊の本がこの世に誕生するには、本当にさまざまな皆様のお力を得て、ようやく出版できるのだと思います。今回もこの作品を世に出すために、この本の制作に携わってくださった皆様には感謝してもしきれません。

そしてこんな少し風変わりな小説を手に取ってくださり、あとがきまでお付き合いいただいた皆様のおかげで、無事本を出すことができました。今作を楽しんでいただけたら望外の幸せです。またご感想などがあれば是非お気軽にTwitterや、編集部様までおたよりいただけたらとても嬉しいです。

それでは最後に。

いつも応援してくださる皆様に、あらんかぎりの愛と最大級の感謝を!!

また近いうちにどこかでお会いできることを願っています。

このたびは、本当にありがとうございました。

当麻咲来

キャラクター　ラフデザイン

河野（天羽）菜々子　29歳

城崎蒼真　31歳

本書は、電子書籍レーベル「らぶドロップス」より発売された電子書籍『時を超えてあなたに逢いたい　彼は不埒な秘密の共犯者』を元に、加筆・修正したものです。

★著者・イラストレーターへのファンレターやプレゼントにつきまして★
著者・イラストレーターへのファンレターやプレゼントは、下記の住所にお送りください。いただいたお手紙やプレゼントは、できるだけ早く著作者にお送りしておりますが、状況によって時間が掛かる場合があります。生ものや賞味期限の短い食べ物をご送付いただきますと著者様にお届けできない場合がございますので、何卒ご理解ください。
送り先
〒160-0004　東京都新宿区四谷3-14-1　UUR四谷三丁目ビル２階
(株) パブリッシングリンク
蜜夢文庫 編集部
○○（著者・イラストレーターのお名前）様

彼は不埒な秘密の共犯者
あの日に帰るために甘く抱いて

２０２１年７月２８日　初版第一刷発行

著……当麻咲来
画……すみ
編集……株式会社パブリッシングリンク
ブックデザイン……しおざわりな
（ムシカゴグラフィクス）
本文ＤＴＰ……ＩＤＲ

発行人……後藤明信
発行……株式会社竹書房
〒102-0075　東京都千代田区三番町８－１
三番町東急ビル６F
email：info@takeshobo.co.jp
http://www.takeshobo.co.jp
印刷・製本……中央精版印刷株式会社